KLAUS UND HANNI

Roman

von
Werner Kurze

Re Di Roma-Verlag

Bibliografische Information durch
Die Deutsche Bibliothek:
Die Deutsche Bibliothek verzeichnet diese
Publikation in der Deutschen Nationalbibliografie;
detaillierte bibliografische Daten sind im Internet
über http://dnb.ddb.de abrufbar.

ISBN 978-3-940450-81-4

www.rediroma-verlag.de
9,95 Euro (D)

Inhalt:

Teil 1: Familie Fendrich und Hanni 7

Teil 2: Rosi und John 47

Teil 3: Kommt Hanni zurück nach Deutschland?...55

Teil 4: Hannis Abschied von Kalifornien 68

Teil 5: Rosis und Johns Urlaub in der Camargue ...74

Teil 6: Klaus Fendrichs neue Zukunft 78

Teil 7: Rosis Examen 87

Teil 8: Klaus‘ neuer Job 94

Teil 9: Hannis Single-Leben 101

Teil 10: Brigitte wird krank 106

Teil 11: Klaus und Hanni sind alt 111

Nachwort 117

Teil 1 Familie Fendrich und Hanni

„Los Angeles 08/11/2002

Sehr geehrter Herr Dr. Fendrich,

Sie werden überrascht sein, von mir einen Brief zu erhalten. Sehr wahrscheinlich können Sie auch mit meinem Namen zunächst nichts anfangen. Das wird sich aber beim Weiterlesen bald ändern.
Ich bin überzeugt, dass Sie sich noch an ein gemeinsames, sehr schönes Erlebnis anlässlich der Messe in Hannover in Deutschland im Jahre 1980 erinnern.
Mein damaliger Name war Hannelore Adler und alle nannten mich Hanni. Auch Sie, oder darf ich wieder Du sagen, wie vor 22 Jahren?
Das Ergebnis unseres schönen Wochenendes damals war eine Schwangerschaft, die ich Dir aber nicht mitgeteilt habe. Der Grund hierfür ist ganz einfach: Ich hatte damals einen Freund, mit dem ich auch intim war. Ich wusste also zunächst gar nicht genau, von wem ich schwanger war. Um meinen Seitensprung nicht beichten zu müssen, habe ich ihm damals alles verschwiegen. Dann haben wir geheiratet und ich habe ihm alles erzählt. Das Kind kam zur Welt. Es war ein niedliches Mädchen und wir nannten es Rosi. Um die Unklarheit des leiblichen Vaters aufzuklären, haben wir später einen Vaterschafts-Nachweis durchführen lassen. Das Ergebnis lautete: Bernd Redding, mein Mann, war nicht der leibliche Vater. Wir kamen beide überein, den tatsächlichen

Vater, und das konntest nur Du sein, weil ich außer mit meinem Mann nur mit Dir Geschlechtsverkehr hatte, nicht den Behörden zu nennen. Wir wollten auch mit Dir keinen Kontakt aufnehmen.

Leider wurde mein Mann vor fünf Jahren krank. Vor einem Jahr ist er an Leukämie verstorben.

Nun lebe ich schon ein Jahr lang ohne Mann, und seit kurzem ganz allein in meiner Wohnung, denn Rosi ist nach Brüssel auf eine Dolmetscher-Schule gegangen und will zur UN.

Du wirst Dich fragen, wie ich an Deine Adresse gekommen bin. Das kam so: Eine Freundin von mir, die Betty aus Santa Monica, war in Deutschland auf Urlaub und hat mir von dort eine CD mit Telefonnummern mitgebracht. Und die habe ich in Bernds Computer gelegt und nach Deinem Namen befragt. Es war ein Glücksfall, denn es gab nur einen Fendrich, Klaus. Und so kam ich an Deine Telefonnummer und Deine Adresse.

Ich würde mich sehr freuen, wenn Du mir schreibst, wie es Dir geht.

Herzliche Grüße Hanni Redding

PS: Ich habe noch vergessen, Dir zu sagen, wieso ich in L.A. wohne. Nun, Bernd war am Flughafen in Hannover bei einer Catering Company beschäftigt, und die wollte ihn 1985 gerne nach Los Angeles haben. Und da sind wir ein halbes Jahr später mitgegangen. Deswegen wohnen wir seitdem hier.“

Klaus ließ den Brief auf den Schreibtisch sinken. – „Die Hanni“, kamen langsam die ersten Worte aus seinem Mund. Deswegen stand auf dem Brief „Persönlich!“
„Das ist ja ein Ding! – Und eine Tochter habe ich auch noch!“ – Er stand auf und ging im Büro auf und ab. Seine Gesichtsmimik verriet einen Kurzfilm an Erinnerungen. Mehrere Szenen dieses Films müssen sehr schön gewesen sein. – Man kann nicht sagen, dass er unglücklich und erschrocken aussah. Nein, eher glücklich und zufrieden.

Klaus schob den Brief sorgfältig wieder in sein Kuvert und steckte ihn dann in die Innentasche seines Jacketts. Er fuhr zur Parkinsel am Rhein, weil er gerade in Ludwigshafen war. Den Brief hatte er morgens in Wiesbaden direkt vor seiner Wohnung von der Briefträgerin erhalten. Nun setzte er sich allein auf eine Bank und ließ in Gedanken das Wochenende mit Hanni vor 22 Jahren wieder erstehen. Sie hatten sich in einer kleinen Bar in der Nähe des Messegeländes zufällig getroffen. Er war allein und Hanni aß mit einer Freundin Bratwurst mit Pommes am Nebentisch. Zufällig begegneten sich ihre Blicke und es passierte etwas, was man Liebe auf den ersten Blick nennt. Beide waren sich vom bloßen Ansehen so sympathisch, dass sie sich immer wieder ansehen mussten. Ob es nun damals Hannis Freundin merkte oder nicht, wer weiß das heute noch, jedenfalls sagte sie ziemlich unvermittelt, dass sie jetzt los müsse, um noch Klamotten zu kaufen. Eine unklare Sekunde saß Hanni unschlüssig da und schwankte zwischen Sofort-Gehen und Nochmal-zu-dem-netten-Mann-am-Nebentisch-Hinsehen. Der fing wie verabredet ihren Blick auf und fragte sie, ob er an ihren Tisch kommen könne. Wie narkotisiert hauchte sie: „Gern!" Und damit war der Anfang eines Wochenendes gemacht, das keiner der beiden so geplant hatte.

Das Gespräch der beiden offenbarte bald zwei Dinge: Beide hatten das bevorstehende Wochenende Zeit - er war Messebesucher und musste erst am Montag um 10 Uhr einen Kunden treffen, und auch sie war an diesem Wochenende allein, weil ihr damaliger Freund zu irgendeinem runden Geburtstag seiner Mutter weggefahren war - und beide waren sich unwahrscheinlich sympathisch. Wer die beiden sah, konnte 10 Meter gegen den Wind sehen, dass sie sich bald mit Blicken auffraßen. Sie hielten ständig Ausschau, ob man dem anderen nicht etwas Gutes tun konnte, oder ihn vielleicht mal ganz zaghaft berühren konnte. So beim Mantel-Anziehen oder -Ausziehen, oder beim Platzmachen in der Gaststätte. Es war sonnenklar, dass einer der beiden den anderen fragen würde, ja musste, ob man sich wieder sehen könne oder ob man noch den Abend zusammen verbringen könne. Jede dieser Fragen rannte beim anderen nur offene Türen ein.

Damit wir uns richtig verstehen: Hanni war eigentlich kein leichtsinniges Mädchen und schon gar kein Flittchen, die es mit jedem trieb. Nein, nein, sie hatte bisher nur einen intimen Freund, und das war der Bernd. Aber dieser Mann hier war so eine tolle Mischung aus gutem Aussehen, liebenswerten Manieren und normaler Redeweise, nichts Angeberisches, nur nette und vernünftige Ansichten, und alle mit einem ganz dezenten Charme versehen. Sie konnte einfach nicht anders: Sie musste ihrem Instinkt folgen, weil der Mann einfach toll war.
Auch Klaus war überhaupt nicht der Draufgängertyp. Er war nett und intelligent. Er konnte sich sehr geschickt und freundlich ausdrücken, schließlich arbeitete er ja auch im Verkauf. Auch er hatte damals eine feste Freundin in München, wo er seine Wohnung in der Nähe des Stachus hatte. Aber weiß der Geier, Amor hatte diesmal seine Pfeile so treffsicher verschossen, dass es einfach kein Zurück für die beiden gab.
Es war ein wunderschönes Wochenende im Grünen, irgendwo auf einem kleinen Kaff hinter Seelze. Die beiden hatten sowieso keinen großen Sinn für die Umgebung, denn sie waren viel zu sehr mit sich beschäftigt. Zwar hatten beide ein schlechtes Gewissen ihren Partnern gegenüber, aber die Neuentdeckung wischte alle Bedenken beiseite. Jeder fand den anderen einfach toll.
Er konnte sich an ihren schönen, brünetten, langen Haaren und ihrer schönen, schlanken Figur gar nicht satt sehen.

Und sie war von seinem männlichen Kopf mit dem genau passenden Haarschnitt, der Ordnungsliebe und der sauberen Kleidung ganz weg. Das Beste an ihm aber war für sie seine warme, einschmeichelnde Stimme. Wenn er nette Sachen sagte, musste sie sich richtig bremsen, nicht sofort gleich dahin zu schmelzen.
Es waren zwei wunderschöne Nächte, die die beiden am Samstag und Sonntag miteinander verbrachten. Am Freitagabend hatte sie noch standgehalten, aber das war schon schwierig in einem Doppelzimmer. Aber im Laufe des Samstags wurde ihr klar, was abends kommen würde. Man kann auch gar nicht sagen, wer hier wen mehr drängte. Jeder von beiden gab dem anderen einen lieben, kleinen Fingerzeig, dass er oder sie bereit war für den nächsten Schritt. Es war halt wie im Traum. Und es war ein sehr schöner Tagtraum für beide.

Klaus kam mit seinen Gedanken wieder zurück auf die Erde. Vor ihm tuckerten die Frachtschiffe mit ihren Dieselmotoren vorbei. Die Sonne schien. Irgendwie war er ganz ruhig. Hanni war eine schöne Erinnerung. Und die Tochter Rosi ? Mal sehen, was daraus wird. Hanni hatte ja nichts von Geld oder Unterhalt geschrieben. Der nächste Punkt, der zu klären war: Er musste das Ganze seiner Frau beibringen. Aber er sah da kein allzu großes Problem, denn die Geschichte mit Hanni war ja vor ihrer Zeit.
Klaus war damals Vertreter für Papiermaschinen. Er hatte seinerzeit den Kontakt zu Hanni nicht weiter

verfolgt, weil er einerseits schon eine Freundin in München hatte und andererseits wusste, dass er viel mehr im süddeutschen Raum herumkommen würde, also eine Freundschaft in Hannover sich nicht auf die Dauer würde halten lassen. Mit einer Schwangerschaft der Hanni hatte er natürlich im Traum nicht gerechnet. Er hatte fest darauf gebaut, dass sie schon ihre Pille nehmen würde. Tja, aber anscheinend war es doch anders.

Wenige Jahre danach hatte es in seinem Leben zwei große Veränderungen gegeben.

Die eine war, dass er 1983 in die chemische Industrie wechselte, und zwar konnte er einen zunächst kleinen und speziellen Additivbereich als Verkaufsleiter übernehmen. Er musste dafür verdammt viele neue Sachen lernen, weil seine chemischen Kenntnisse recht dürftig waren. Aber letztendlich ging es gut, weil er den Umsatz in seinem Bereich in zwei Jahren verdoppeln konnte.

Die zweite Veränderung war seine Heirat mit Brigitte, die er in Wiesbaden kennen gelernt hatte. Sie war Abteilungsleiterin in der Stadtbibliothek, die er beim Stellenwechsel öfter aufgesucht hatte, um sich über seinen neuen Brötchengeber etwas zu informieren. 1984 hatten sie geheiratet und 1987 kam Nachwuchs, die Zwillinge Sven und Markus. Brigitte blieb daheim und war ganztags Mutter. Er stieg beruflich weiter auf: 1990 Direktor im Verkauf, 1995 untere Vorstandsebene, 1996 ordentliches Vorstandsmitglied und zuständig für Pharmaverkauf. Finanziell ging es ihm nicht schlecht. Bei seinem

Gehalt reichte es dicke, für jeden der Familie ein angenehmes Leben zu bestreiten. Mercedes als Dienstwagen, schöne Villa auf dem Lerchenberg, ganz in der Nähe vom ZDF, Boot im Rhein und zwei Reihenhäuser zum Vermieten in Wiesbaden, außer einem schönen Kontostand, versteht sich. Seine Brust schwoll wieder ein bisschen an, er erhob sich, um seiner Familie, na, zunächst mal seiner Frau, die Neuigkeit vom Tage taktvoll mitzuteilen.

x x x

Brigitte hatte alle Hände voll zu tun. Sven und Markus waren noch nicht fertig mit ihren Schularbeiten, die Putzfrau war noch oben in den Schlafzimmern zu Gange, ausgerechnet heute war der Monteur endlich wegen des Swimmingpools auch noch gekommen und sie sollte in Ruhe das Essen für die Gäste heute Abend fertig machen. Natürlich hätte sie es auch kommen lassen können, aber erstens machte es ihr Spaß, es selbst zuzubereiten, und zweitens musste man ja nicht schon wieder über 500 Euro für so etwas ausgeben, was man auch mal selbst vorbereiten kann. Davon abgesehen, die ganzen Lebensmittel kosteten auch bei eigener Vorbereitung schon runde 300 Euro. Es gab zwar schon einige Zeit die neue Währung Euro in Deutschland, aber Brigitte – wie auch viele andere – hatte immer noch die DM im Kopf und musste sich zum Umrechnen jedesmal zwingen.

Sven und Markus waren mit ihren Schularbeiten deshalb so spät dran, weil sie gestern zu ihrem Geburtstag zwei neue Skateboards bekommen hatten und abends nicht mehr ausprobieren konnten. Da musste Brigitte schon ein Einsehen haben, dass die Dinger nun heute nach der Schule ausprobiert werden mussten.
Und bis sie ihre Ellbogen- und Knieschützer, Helme und Handschuhe zusammen gesucht hatten, verging halt auch eine Weile. Nach einer Stunde kamen sie dann beide abgekämpft wieder nach Hause. Beide hatten trotz Vorsorge eine Schramme am Arm, weil sie mehrmals ordentlich hingesegelt waren. Also musste Mama erst noch Krankenschwester spielen. Dann erst fingen sie mit den Hausaufgaben an.
Als Klaus durch die Tür trat und in die Küche kam, empfing ihn Brigitte mit gebremster Hektik: „Da, sieh mal, wie gefällt dir diese kalte Platte? Habe ich selbst gemacht. Sieht doch gut aus, oder?“ – „Joah, doch, nicht schlecht, Herr Specht“, äußerte sich Klaus ein bisschen künstlich ruhig. Er überlegte, ob er jetzt Brigitte die Sache mit dem Brief von Hanni erzählen sollte. Aber er verwarf den Gedanken ganz schnell wieder, denn er hatte beruflich oft die Erfahrung machen müssen, dass Gespräche zum falschen Zeitpunkt meistens allein wegen des falschen Momentes schief laufen. Also verbiss er sich das kritische Thema und zog sich erst einmal seinen Mantel aus. „Das geht jetzt nicht“, ging es ihm durch den Kopf. Er verschob das Thema auf das Wochenende. Seine Hoffnung war, dass es da schon einen besse-

ren Zeitpunkt geben würde, wenn die Kinder nicht dabei sind.
Der Abend verlief so schlecht und recht mit den Gästen. Man war höflich und freundlich zueinander. Aber irgendwie waren beide Fendrichs nicht so ganz optimal dabei; er nicht, weil er immer wieder an seinen Brief dachte, und sie nicht, weil sie heute etwas gestresst war. Na ja, der Abend ging auch herum, und das Wochenende stand vor der Tür.
Der Moment der Mitteilung kam am Samstagnachmittag. Das Mittagessen war vorbei und die Kinder waren bei Freunden in der Nachbarschaft. Nun fing Klaus an: „Also, ich habe da einen einigermaßen wichtigen Punkt mit dir zu besprechen. Hast du im Moment Zeit dazu?"
„Natürlich habe ich das. Das klingt ja schon fast förmlich. Was kommt denn jetzt?" – „Furchtbar ist das ", schoss es ihm in den Kopf. „Dass die Frauen so ein unwahrscheinlich gutes Gespür haben, wenn da was im Busch ist. Darin sind die Frauen zehnmal besser als die Männer." Aber selbstverständlich sagte er davon keinen Mucks.
Sie nahmen beide auf den Sesseln Platz und er war wieder an der Reihe.
„Du erinnerst dich an die 80er Jahre, als ich noch in der Papierfabrik war? Ja ? In dieser Zeit war ich u.a. auch mal auf der Messe in Hannover.
Dort hatte ich eine kurze, aber intensive Affäre mit einer jungen Frau." Er machte eine Pause. „Moment mal", meldete sich Brigitte, „ich habe das doch richtig in Erinnerung, dass du damals mit Doris befreun-

det warst. War das in Hannover die Doris oder eine andere Frau?“ – „Mh, dir kann man nichts vormachen. Du kommst gleich auf den ersten wunden Punkt. Es stimmt: Ich war damals mit Doris befreundet. Aber die Geschichte in Hannover ist trotzdem in dieser Zeit passiert.“ –
„Also jetzt muss ich doch erst einmal schlucken. Du hast in der Zeit, in der du mit Doris zusammen warst, einen Seitensprung mit einer anderen Frau gehabt? Hast du das der Doris erzählt?“
„Nein.“ Jetzt gab es erst einmal eine Pause, in der jeder sich so seine eigenen Gedanken machte.
Nach einer Weile hakte nun Brigitte wieder nach: „Du hast von einem ersten wunden Punkt gesprochen. Demnach gibt es noch einen weiteren wunden Punkt? Was kommt denn jetzt noch?“ –
„Also diese Frau, sie heißt Hanni, ist damals schwanger geworden und hat ein Kind bekommen, von dem ich erst gestern erfahren habe, nach so vielen Jahren.“
„Ach du lieber Gott!“ Jetzt hatte es aber in Brigittes Denksystem eingeschlagen.
Sie hatte große Mühe, ihre Gedanken und Emotionen im Zaum zu halten. Da lebt sie nun schon so viele Jahre mit ihrem Mann zusammen und wusste bisher nur die Hälfte von ihm. Er macht Seitensprünge, ohne es seiner Partnerin zu sagen. Er hat ein Kind, von dem sie nichts weiß. Und er selbst anscheinend auch nicht. Oh Gott, wie geht das jetzt alles aus? – Was ist mit dieser Frau, was ist mit dem

Kind? Tausend neue Fragen und beklemmende Sorgen mischten sich in ihrem Kopf.
Klaus hatte inzwischen den Brief aus seiner Brieftasche herausgekramt und überreichte ihn seiner Frau wortlos.
Nachdem sie ihn gelesen hatte, fragte sie ihn: „Und wie geht es jetzt weiter? Was gedenkst du zu tun?"
„Tja, ich denke, zunächst werde ich ihr erst einmal schreiben, dass es mich noch gibt, denn das weiß sie ja bis jetzt auch noch nicht genau. Und dann sehen wir mal weiter. - Eines möchte ich aber doch an dieser Stelle einmal ganz klar sagen. Was hier aus der Vergangenheit auftaucht, hat zunächst einmal mit unser beider Verhältnis und Ehe nichts zu tun. Das war ja alles früher. Ich gebe ja zu, dass das damals Doris gegenüber nicht gerade fair war, aber mit dir und unserer Familie hat es primär nichts zu tun."
„Das hast du wunderbar gesagt. Nur kann ich mich natürlich trotzdem nicht dran freuen, weil ich ja eben erfahren habe, dass mein Mann in der Lage war und vielleicht auch noch ist, seine Partnerin zu betrügen. Und dann ist da ja wohl auch noch das Kind, das zumindest erbberechtigt ist. Den Punkt kannst du auch nicht so ohne weiteres beiseite schieben, oder?"
„Langsam, langsam. – Dich habe ich nicht betrogen und habe das auch nicht vor. Punkt. – Wie das mit der Frau weitergeht, ist eine Sache, von der man erst einmal die Umstände näher kennen muss, um dann etwas zu entscheiden. Du brauchst jedenfalls keine Angst zu haben, dass du deinen Mann verlierst. Da-

von kann überhaupt keine Rede sein. Wir haben es nur mit einer viele Jahre vergangenen Jugendsünde von mir zu tun, - nicht mehr und nicht weniger.
Eine andere Angelegenheit ist das Kind. Das ist erbberechtigt; da führt kein Weg dran vorbei. – Auf der anderen Seite können du und deine Kinder nicht gerade unzufrieden sein, denn aufgrund meines wahrhaftig überdurchschnittlich hohen Einkommens leben wir ja wohl alle nicht in Armut. Also wird so viel, wie nach unserer gemeinsam festzulegenden Auffassung nötig ist, für dieses Kind auch noch da sein."
Und dann verfielen beide in eine Grübelphase. Klaus war aber doch ganz zufrieden mit der aktuellen Situation, denn jetzt war es erst einmal raus und bisher sah er noch kein unüberwindliches Problem. Wichtig war für ihn, dass Brigitte jetzt nicht den Zwischenfall als einen großen Vertrauensbruch ansah.
Immerhin liebte er seine Frau und wollte sie auf keinen Fall verlieren.

x x x

Die beruflichen Beziehungen zu der Pharmabranche brachten es mit sich, dass Klaus schon vor einigen Jahren Manny kennen gelernt hatte. Manny war ein dufter Typ, mit dem man über alles reden konnte. Und er war auch an vielen Dingen interessiert, ob Kunst, Technik, Wissenschaft, Geldanlagen oder Familiäres. Es machte einfach Spaß, mit ihm zu quatschen. Manny, sein richtiger Name ist Manfred

Henning, ist Chefarzt in der Chirurgie an der Mainzer Uniklinik. Jeder von ihnen hatte unten am Rhein ein Motorboot liegen. Und das waren nicht gerade die billigsten ihrer Art. Sie trafen sich meistens einmal im Monat, um gemeinsam auf dem Rhein ein Stückchen rauf oder runter zu fahren. Einmal fuhren sie mit seinem, ein anderes Mal mit Mannys Boot. Das Schöne war für beide, dass man sich ohne lästige Zuhörer über alles unterhalten konnte. Und wenn man morgens schon losfuhr, dann gab es rheinaufwärts so viele schöne, kleine Altrheinarme, in denen man in aller Ruhe ankern konnte, um Natur und Ruhe zu genießen.
Heute waren sie beide ohne Frauen, wie übrigens meistens, bis zum Otterstädter Altrhein gefahren und schaukelten an einer stillen Stelle gemütlich im Wasser. Klaus hatte etwas Essbares und zur christlichen Seefahrt auch eine Flasche Sekt spendiert.
Nachdem man sich über den neuen Trend, dass alle Wohlhabenden heute Golf spielen müssten, ordentlich lustig gemacht hatte, fiel Klaus seine Geschichte mit Hanni wieder ein. Er erzählte sie Manny und war gespannt, wie er die Sache einordnete.
Obwohl oder gerade weil Manny noch ein paar Jahre jünger war als er, sah er die Sache ganz unkompliziert. „Hör mal, wir leben ja heute nicht mehr im Mittelalter. Also, das Thema Vorwürfe gibt es da für mich überhaupt nicht. Und wie ich deine Frau kenne, wird sie dir auch nicht allzu viele Vorhaltungen mehr machen. Eine andere Sache ist die, wie heißt sie noch? Nanni? Hanni und ihre Tochter. Ich glau-

be, du musst sie dir beide erst einmal ansehen, was das heute für Menschen sind. Erst wenn du das gemacht hast, kannst du entscheiden, wo die weitere Fahrt dann hingeht. Oder wie siehst du das?“ – „Ja, so ähnlich. – Ich weiß bloß nicht, was passiert, wenn ich den ersten Schritt allein unternehme, wie meine liebe Brigitte dann reagiert. Treffe ich Hanni allein, ist Brigitte vielleicht eifersüchtig. Treffe ich sie mit Brigitte zusammen, weiß ich nicht, ob man da offen reden kann.“ Beide überlegten so vor sich hin, wobei es naturgemäß Klaus schon etwas ernsthafter machte, denn schließlich war es ja auch sein Problem. – „Kehren wir langsam um?“, meinte Manny. Mehr als „Hm...“ kam nicht aus Klaus heraus. Aber als der Motor lief und die Wellen im Rhein das Boot angenehm durchschüttelten, wurde ihm immer klarer, dass er tatsächlich erst einmal die beiden Frauen, die jetzt plötzlich in sein Leben mit eintraten, allein sprechen musste.

Er war auch schon dabei, zu überlegen, wie er das anstellen würde. Er würde jetzt erst einmal einen Brief schreiben, den Brigitte auch lesen konnte. Dann wird er eine Geschäftsreise benutzen, um mit Hanni zusammenzutreffen. Wenn er das so darstellen würde, dass er überraschend noch einen halben Tag bis zum Abflug Zeit hätte und die Zeit sozusagen spontan für ein kurzes Treffen in L.A. nutzen könne, ohne Übernachtung versteht sich, müsste das Brigitte wohl doch akzeptieren. Ja, genau so wird er es machen. Okay, das müsste gehen. – Und die Tochter Rosi kommt später dran. Mal sehen, viel-

leicht gibt's da auch eine passende Gelegenheit. Er war jetzt überzeugt, dass das der richtige Weg ist, in der Sache weiterzukommen.
Schließlich machte er sich Mut, denn in seinem neuen Job gab es, weiß Gott, viel größere Probleme, und für die hatte er ja auch immer eine Lösung gefunden.

Der Brief an Hanni musste nun geschrieben werden. In der Firma hatte er keine Gelegenheit dazu, weil er niemanden, auch seine Sekretärin nicht, hierin einweihen wollte. Also beschloss er, den Brief allein, daheim zu schreiben. Das sollte eigentlich am besten am nächsten Donnerstag gehen, weil da Brigitte sich mit ihren ehemaligen Kolleginnen in Wiesbaden treffen wollte. So gedacht, so gemacht.

Jetzt saß er also daheim vor seinem Computer und schrieb:

„ Mainz, den 21.11.2002

Liebe Frau Redding,

zunächst bestätige ich Ihnen erst einmal den Eingang Ihres Briefes vom 8.11.d.J. Wie Sie der Antwort entnehmen können, ist die von Ihnen ermittelte Adresse richtig und ich lebe hier seit vielen Jahren in Mainz."

Er unterbrach sich selbst, schüttelte den Kopf und sagte laut: „Mensch, so kann ich nicht weiter schreiben. Da habe ich zwei wunderschöne Nächte mit der

Frau erlebt und jetzt rede ich sie mit Sie an. Das geht nicht."

Also löschte er alles wieder und fing neu an:

„Mainz, den 21.11.2002

Liebe Hanni,

das war ja eine schöne Überraschung für mich, wieder etwas von Dir zu erfahren. Und dass wir zusammen ein Kind haben, das ist ..." –
„Stopp", ging es ihm wieder durch den Kopf, „wenn das Brigitte liest, flippt sie aus. Das geht auch nicht."

Also löschte er noch mal alles und fing ein drittes Mal an:

„Mainz, den 21.11.2002

Liebe Frau Redding, liebe Hanni,

Dein Brief war in mehrfacher Hinsicht eine große Überraschung für mich. Ich leugne unser damaliges Liebesabenteuer nicht, stelle aber heute fest, dass es besser gewesen wäre, wenn es nicht stattgefunden hätte. Selbstverständlich hatte ich damals angenommen, dass unserem Zusammentreffen keine Schwangerschaft folgte, weil ich der festen Überzeugung war, dass Du Dich davor entsprechend geschützt hättest. Auch die Tatsache, dass wir nach diesem Zusammentreffen 1980 uns nie wieder gese-

hen haben und auch keinerlei Nachrichten voreinander hatten, führten bei mir überhaupt nicht zu einem Gedanken in Richtung Schwangerschaft oder Kind. Umso mehr bin ich nun überrascht, dass ich heute der Vater Deines Kindes Rosi sein soll. Wenn dem wirklich so ist, was sicher noch bewiesen werden muss, ruft es in mir sehr unterschiedliche Gefühle hervor. Auf der einen Seite würde ich mich schon freuen, noch eine Tochter zu haben, auf der anderen Seite habe ich mein Leben natürlich seit vielen Jahren in andere, feste Bahnen gelenkt, so dass diese neue Situation eine Menge Fragen aufwirft, die nun sowohl menschlicher als auch juristischer Regelungen bedürfen.
Sicher interessiert es Dich, was ich in den letzten Jahren gemacht habe?
Ich bin 1983 in die chemische Industrie gegangen und habe 1984 geheiratet. Heute arbeite ich hier in der Nähe in leitender Position und wohne in Mainz. Außerdem habe ich zwei Kinder, beides Buben. Es sind Zwillinge, sie sind heute 15 Jahre alt.
Ich denke, dass es gut wäre, wenn wir uns einmal sehen könnten. Falls Du nach Deutschland kommst, lade ich Dich zu mir nach Hause zu einem Gespräch ein. Falls ich eher einmal in die Staaten in Deine Nähe käme, würde ich versuchen, Dich zu einem Gespräch zu besuchen.

Herzliche Grüße Klaus Fendrich."

Puh! Das wäre geschafft. Er war überzeugt, dass er nicht zu viel und nicht zu wenig geschrieben hatte.

Seine Stellung hatte er bewusst nur als „leitende Position“ angegeben, um nicht zu hohe finanzielle Erwartungen zu wecken. Der Trick mit der gegenseitigen Einladung erschien ihm auch gut, weil er ja hoffte, dass er viel eher in die USA käme als Hanni nach Deutschland. Und den Abschlussgruß und die Unterschrift hatte er exakt genauso wie Hanni gewählt. Mal sehen, ob Brigitte den Text so schluckt.

Freitagabend gab er Brigitte den Brief zu lesen. Er sagte bewusst nicht Brief-Entwurf. Brigitte stutzte bei dem Absatz mit der Einladung: „Also, hör mal, eigentlich will ich die Frau nicht hier in unserer Wohnung haben. Aber, na ja, ich sehe ja ein, dass ihr ein Gespräch führen müsst.“
Also gut, dann schick’ ihn ab. Ich bin gespannt, was das noch für ein Hickhack gibt.“
Klaus fiel ein Stein vom Herzen. Er hatte wieder eine Hürde genommen. Aber ihm war schon klar, dass hier noch viele Überraschungen drin waren in der ganzen Angelegenheit.

Keine 14 Tage später war schon die Antwort von Hanni da. Der Brief war übrigens an Herrn und Frau Fendrich gerichtet. Das war auch der Grund, weshalb Brigitte den Brief schon aufgemacht und gelesen hatte.
„Ich will dir etwas sagen, lieber Klaus“, begrüßte sie abends ihren Mann, „die Hanni fängt an, mir zu gefallen.“ – „Äh, wieso, was ist denn passiert?“

„Nix ist passiert, aber sie hat geschrieben, und zwar an uns beide. Und sehr vernünftig. Die Frau gefällt mir irgendwie.“
Klaus war einigermaßen platt. Als er den Brief gelesen hatte, war er auch Brigittes Meinung. Hanni hatte klipp und klar geschrieben, dass sie zunächst einmal keinerlei finanzielle Forderungen an Klaus stelle, denn sie sei finanziell hinreichend abgesichert. Was sie mehr drücke, sei die Einsamkeit, denn sie hatte ja nun ihren Mann und ihre Tochter nicht mehr im Haus. Und sie nahm die Verantwortung für die nicht erfolgte Mitteilung in früheren Jahren voll auf sich. All das gefiel Brigitte. Einen Tag später überraschte Brigitte ihren Mann mit der Bemerkung: „Weißt du was, ich fange an, mich auf diese Hanni zu freuen. Ich würde sie echt gerne kennen lernen.“
Klaus musste tief Luft holen, denn mit dieser Reaktion hatte er nun gar nicht gerechnet. Er fragte Brigitte, ob sie denn den Kindern schon etwas erzählt hatte. Dies war noch nicht der Fall. Aber das sei kein Problem, meinte sie zu ihm. Sie würde es ihnen heute Abend beim Abendbrot erzählen. Und tatsächlich erzählte sie ihnen die Geschichte so entspannt, dass Papa erfahren habe, dass er von früher mit einer anderen Frau noch eine Tochter habe, und dass diese schon 21 Jahre alt sei. Vielleicht klappe es bald mal mit einem Treffen. Klaus war baff. Er brauchte überhaupt nichts dazu zu sagen. Erst als die Kinder Papa fragten, ob das ehrlich alles stimme, meinte er tapfer: „Ja.“ Und damit war das Thema auch in der Kinderrunde gegessen. Vorläufig wenigstens.

x x x

Klaus hatte heute seinen „Jour fix“, wie das heute so gern in den Firmen heißt. Gab es Probleme größerer Art, wurde ein „brainstorming“ angesetzt und die neueste Errungenschaft aus dem Englischen war der Hinweis „think global“.
Diesmal ging es um eine teuere Sache: Ein neues Verfahren lief nicht so, wie geplant. Wortreich und z.T. ziemlich umständlich erzählten die Meister, was sie bei der Durchführung der Herstellvorschrift gemacht hatten. Der Betriebsleiter äußerte einige Bedenken, dass da und dort der Fehler liegen könne. Die Techniker spielten auf unschuldig, sie hätten alles so gebaut, wie vorgesehen und am Ende kam jedenfalls ein Produkt in nicht marktgängiger Qualität heraus.
Es war wieder einmal das alte Lied: Keiner ist schuld, aber klappen tut nix!
Klaus hatte sehr schnell den Eindruck, dass hier vor allem die Zusammenarbeit fehlte, und zwar zwischen Forschung, Technik und Betrieb. Und die Kaufleute mussten erst einmal den Lieferdruck herausnehmen helfen. So ging man dann auch auseinander: Die Forschung musste mit Hochdruck alles überprüfen, wo die Abweichungen entstanden.
Dann mussten wieder alle zusammenkommen - diesmal ohne Klaus - und die Änderungen für den nächsten Produktionsstart gemeinsam beschließen.
Streng genommen war das Ganze eigentlich mehr ein personelles Problem, weil die beteiligten Leute

nicht ausreichend miteinander zusammengearbeitet hatten.
Ein, zwei Stunden hatte Klaus seine privaten Probleme vergessen. Aber nun ging ihm wieder Hanni im Kopf herum.
Er überlegte, mit welchen Firmen er in L.A. oder in der Nähe Kontakte hatte. Er fand eine, eine Niederlassung von ESSO.
Nach kurzem Studium der Firmen-Mappe ESSO hatte er einen Anknüpfungspunkt gefunden. Da war in den letzten Berichten eine Liefermöglichkeit eines Spezialprodukts erörtert worden, aber danach hatte anscheinend keiner mehr etwas in dieser Richtung weiter gemacht.
Zur Sicherheit klärte er beim Forschungs-Chef telefonisch ab, dass die Sache noch nicht konkretisiert wurde. So hatte er einen guten Grund, dort mal anzurufen und das Thema noch mal aufzuwärmen.
Er musste sich noch, wegen der Zeitverschiebung zu den USA, mit seinem Anruf bis zum Nachmittag gedulden. Dann ging alles ganz schnell.
Sein Telefonat endete mit: ...“Okay, so I think, it is the best, that I’ll visit you next week. On Monday, is it allright? - Okay, bye ...“
Montag also würde er in L.A. sein. Jetzt musste er noch ganz schnell ein Telegramm an Hanni schicken, dass er sie am darauf folgenden Dienstag morgens kurz besuchen wird.
Brigitte wusste davon nichts.

x x x

Auf dem Heimflug nach Frankfurt rekapitulierte Klaus sein Treffen mit Hanni. Er musste dies allein schon deswegen für sich selbst tun, damit er sich klar werden konnte, was und wie er das Ganze Brigitte erzählen würde.
Also, sie sieht noch recht gut aus, - für sich allein hat er sehr wohl registriert, dass sie sogar für ihr Alter, 49 Jahre, sehr gut aussieht. Es wunderte ihn immer wieder, dass heute Frauen, die bewusst etwas für ihren Körper tun, dank Kleidung, Friseur, Sonnenbank, Schminke und Sport, und wohl auch ein bisschen Veranlagung, echt Klasse aussehen können, sogar richtig sexy. Immerhin hatte ja Uschi Glas im fortgeschrittenen Alter sogar akzeptable Nacktaufnahmen von sich machen lassen.
Zurück zu Hanni. Sie lebt allein in einer schönen Wohnung und ist finanziell hinreichend versorgt. Ihre Tochter Rosi ist 21 Jahre und studiert in einer Fremdsprachen-Sekretärinnen-Schule in Brüssel.
Sie hat einen Freund, ist aber noch nicht verheiratet. Hanni scheint ganz gut allein zurechtzukommen; Brigitte muss sich also um ihn keine Sorgen machen. Rosi hatte er nicht kennen gelernt, denn sie war in Belgien. Sie ist für ihn noch ein unbeschriebenes Blatt. Mit Hanni hatte er nur so weit das Thema Geld berührt, als er ihr sagte, dass er in Erwägung ziehe, Rosi wenigstens mit ihrem Pflichtteil im Erbe zu bedenken, wobei er aber mehr dachte „höchstens“ so viel. Ob eine teilweise oder vollständige

Auszahlung dieses Anteils schon vor seinem Tode möglich sei, wolle er prüfen.
Hanni hatte zu dieser Einlassung nur freundlich gelächelt und nichts dazu gesagt. Was Rosi selbst dazu sagen wird, weiß noch keiner. Immerhin ist sie volljährig und kann sich selbst entscheiden.
Seine Gedanken liefen weiter zum Fragezeichen Rosi. Immerhin musste sie sich doch freuen, dass durch sein Auftauchen überhaupt mit einem Erbanteil zu rechnen war. Eine ganz andere Sache war, dass er sein Vermögen erst einmal amtlich schätzen lassen musste, wenn er an einen vorgezogen Pflichtanteil dachte. Ein ganz kleiner Betrag wird das jedenfalls nicht. Das wird vielleicht der wundeste Punkt in der Diskussion mit Brigitte. Wie dem aber sei: Dazu war er entschlossen, seinem Kind Rosi einen Pflichtanteil zukommen zu lassen.
Da er noch nicht müde war, nutzte er die restliche Flugzeit noch, seinen Besuchsbericht für seinen Brötchengeber zu notieren, so dass seine Sekretärin ihn bloß noch abzutippen brauchte.

x x x

Klaus war gut in Frankfurt gelandet und hatte sich gerade in seinen Mercedes im Parkhaus gesetzt, als ihn ein leichtes Schmerzgefühl in der linken Brust irritierte. „Was soll das denn?“, waren seine ersten Gedanken, weil er bisher keine Herzprobleme hatte.

Er fuhr aus dem Parkhaus hinaus und ordnete sich auf dem Zubringer ein, der ihn zu sich nach Hause führen sollte.
Aber es kam alles ganz anders. Gerade als er auf die Autobahn einbog, durchfuhr ihn ein wahnsinnig stechender Schmerz im Herzbereich und im linken Arm, so dass er laut aufschrie, gerade noch die Warnleuchte drücken konnte, und dann krachte sein Wagen an die rechte Leitplanke, an der er entlangschlidderte. Mit kreischendem Blechgeräusch, furchtbarer Todesangst und Schweißausbruch endete seine Erinnerung. –

x x x

Er sollte erst Tage später in einem Frankfurter Krankenhaus aus einem künstlichen Koma wieder sein Bewusstsein zurückerlangen. Als er die Augen aufblinzelte, tat ihm eigentlich fast alles weh. Er hing an lauter Schläuchen und konnte sich auch nicht ohne weiteres auf die Seite drehen. An Aufstehen war überhaupt nicht zu denken. So nach und nach wurde ihm klar, dass das wohl eine Intensivstation war.
Es dauerte nicht lange, und eine Schwester sah ihn freundlich an.
„Wie geht's, Herr Dr. Fendrich?"
„Bin ich auf der Intensivstation?"
„Ja, in der Uni-Klinik Frankfurt. Sie hatten einen Autounfall, sind aber noch recht glimpflich davongekommen."
„Autounfall...?"

„Ja, zwischen dem Flughafen und Ihrer Wohnung. Sie hatten einen Herzinfarkt und haben sich ein paar Tage gesund schlafen können. Bleiben Sie ganz ruhig liegen; ich hole mal den Doktor. Der kann Ihnen noch ein bisschen mehr erzählen, ja?" Und damit verschwand sie aus dem Blickfeld.
Erst jetzt sah er, dass da noch zwei weitere Patienten „total verdrahtet" waren, wie er. Aber die gaben keinen Muckser von sich.
Man hörte nur ganz leise Maschinengeräusche von den künstlichen Beatmungen her. Was war denn eigentlich passiert? Es fiel ihm schwer, sich zu erinnern. Die Flugzeuglandung hatte er noch in Erinnerung, aber danach fehlte ihm alles. Er hatte schon von solchen Amnesien gehört, aber sie natürlich noch nie selbst erlebt. Na ja, man wird es ihm schon erzählen, was im Einzelnen passiert ist.
Nach einiger Zeit sprach ihn der Stationsarzt an. Als Erstes wunderte er sich, dass sich so ein junger Kerl schon mit solchen Intensiv-Patienten wie ihm auskannte. Er war freundlich - und sachlich. Nun erfuhr er, dass er mit seinem Wagen an die Leitplanke geknallt war und dabei ein Schleudertrauma, Prellungen und vor allem als Auslöser des Ganzen einen schweren Herzinfarkt hatte. Er sei dann ohnmächtig geworden, ein weiterer Wagen sei aufgefahren und andere Leute hätten die Polizei zu Hilfe gerufen. Er sei sofort ins Krankenhaus gekommen und gut versorgt worden. Es sähe alles bei ihm gut aus, aber zur Heilung werde er schon ein bisschen Geduld haben müssen.

„Ich will mal sehen, ob wir Sie von ein paar Schläuchen befreien können. Ich komme gleich mit einer Schwester wieder."
Puh, das waren ja Nachrichten! Der nächste Gedanke war: „Weiß Brigitte überhaupt schon Bescheid?"
Sie wusste Bescheid, denn sie war natürlich benachrichtigt worden und schon mehrfach an seinem Bett gewesen.
„Ihre Frau wird Sie in etwa einer Stunde besuchen. Sie bleiben noch einen Tag hier auf der Station und kommen wahrscheinlich morgen schon auf die „Innere" M2 zu Professor Lehmann.
Brigitte erzählte ihm dann, dass er schon 4 Tage hier geschlafen habe. Das würde man heute gerne machen, um die Genesung der Patienten nicht durch Aufregungen und Sorgen zu gefährden.
„Ja, und die Firma...?"
„Alles im grünen Bereich. Deine Sekretärin hat deinen Bericht schon geschrieben, ausgedruckt und an die entsprechenden Leute weitergegeben. Du brauchst allerdings jetzt erst mal eine Auszeit, um dich zu erholen. Aber das wird dir der Professor noch selbst sagen.
Der kam tatsächlich dann wie aufs Stichwort.
„Ich grüße Sie, Herr Fendrich", waren seine ersten Worte. Auch er war noch recht jung. Anscheinend hatte er ganz vergessen, dass es auch anderswo erfolgreiche, gute Leute gab, nicht nur in seiner Firma.
„Wir machen heute kein großes Palaver. Später gibt's davon ein bisschen mehr. Für heute gilt nur eins für Sie: Ruhe, Ruhe und Geduld. Bis morgen!"

Das alles war in wenigen Minuten aufregend genug für ihn. Sein Lebensweg hatte nun doch zwei unvorhergesehene Knicks bekommen: Erst das uneheliche Kind Rosi und nun der Herzinfarkt. Das muss alles abgearbeitet werden und ... damit schlief er erst mal wieder ein.

x x x

Jäh fuhr er aus dem Schlaf hoch. Wo war er? Ach so, noch in der Reha-Klinik. Es war heller Nachmittag und wunderschönes Wetter.
Aber er war wie gerädert. War das jetzt Wirklichkeit oder nur ein böser Traum?
Allmählich wurde ihm klar: Es war nur ein Traum. Aber was für einer - ein Albtraum schlimmster Sorte!
Eben hatte er seine Entlassung wegen Personalreduktion, Firmenverkauf und nachgewiesener Schmiergelder im Traum durchlebt. Pah...!
Es stimmte Gott sei Dank nichts von alledem, aber warum träumte er denn so etwas? Bei allen Träumen ist doch irgendetwas Wahres dran. Er hatte nur eine Erklärung: Es war die Angst, die sich im Traum verselbständigt hatte. Angst, nicht wieder voll leistungsfähig zu sein. Angst wegen der Sache mit Hanni und Rosi. Auch Angst um Verlust seines Vorstandspostens? Er wusste, dass er den Umsatz nicht beliebig erweitern konnte. Er wusste, dass die Gewinnmarge von tausend Unwägbarkeiten abhing. Aber er musste allen gegenüber mit dem Brustton

der Sicherheit auftreten, dass es selbstverständlich weiter aufwärts gehen wird unter seiner Leitung. Früher hatte er solche Selbstzweifel nie gehabt. Jetzt, wo er mal ernsthaft krank war, kamen solche Gedanken.
„Ist ja widerlich...“, meinte er mehr für sich allein. Aber ihm fiel ein, dass schon Eugen Roth sagte: „Zwei Dinge trüben sich beim Kranken, a) der Urin und b) die Gedanken!"

Endlich kam Brigitte.
„Na, wie geht's unserem Patienten?“, verband sie ihre Begrüßung mit einem lieben Lächeln. Er war froh, dass es mit ihr kein Problem gab.
„Ganz gut“, meinte er. „Nur zwei Sachen sind noch nicht ganz im grünen Bereich: Zum einen bin ich noch immer ziemlich schwach und werde schnell müde. Zum anderen träume ich lauter dummes Zeug, was mir ein bisschen Angst macht. Aber ich denke doch, dass das noch weg geht.“
„Das denke ich auch. Wenn du wieder mehr herumlaufen kannst, wird es dir sicher wieder besser gehen.“ – „Übrigens habe ich dir die heutige Tageszeitung mitgebracht.“ –
„Welche?“
„Die Frankfurter Allgemeine, da ist ein größerer Artikel über deine Firma drin. Ihr kauft ein Unternehmen - den Namen habe ich vergessen - und verkauft einen Teil aus deinem Bereich.“

„Waas? - Zeig her!“ – „Ach so, das gehörte noch zu dem Faserkram! Das war ja zuletzt auch bloß ein Verlustgeschäft.“
Mehr wollte Brigitte nicht erzählen. Sie richtete noch ein paar Grüße aus, verschwieg aber, dass schon wieder Entlassungen, auch im Bereich ihres Mannes beschlossen worden sind. Das hätte ihn vielleicht gleich wieder zu sehr aufgeregt. Er selbst stand aber nicht in Rede.
Brigitte schwieg und lächelte ihren Mann an, der ihr dankbar für ihren Besuch war und belanglosen Kleinkram erzählte. Sie schwieg auch über ein Gespräch mit ihrer Nachbarin, die einen Satz losgelassen hatte, der ihr nicht aus dem Kopf ging: Arbeitsplätze runter, Dax hoch. Irgendwie stimmt in unserer Gesellschaft wirklich etwas nicht, wenn auf der einen Seite Menschen ihren Arbeitsplatz verlieren und auf der anderen Seite Aktieninhaber, also andere Menschen daran kräftig verdienen. In ihrer einfachen Welt war sie bis jetzt immer gut mit der Vorstellung ausgekommen, wenn die Unternehmen verdienen, verdienen auch die Mitarbeiter. Aber diese Massenentlassungen bei Banken, Versicherungen und Großunternehmen erzeugen ja ganz einseitig Not. Wo bleibt da das Solidarprinzip? Ihr Mann hatte bei solchen Diskussionen immer gleich gesagt: „Wenn wir es nicht machen, machen es andere.“ Na ja, sie wischte den Gedanken beiseite und war weiter nett zu Klaus.

x x x

Die nächsten Wochen waren angefüllt mit Reha und Bearbeitung der Unfallfolgen. Es gelang seinem Anwalt erst nach mehrwöchigem Schriftverkehr mit den Beteiligten und den verschiedenen beteiligten Versicherungen eine Klage und einen Prozess zu verhindern. Aber was dazu alles für Papierkram notwendig war! Gutachten der Ärzte, Gutachten eines Verkehrsexperten, Anhörungen und, und, und...
Am Ende war klar, dass seine Haftpflicht-Versicherung für den Schaden des Aufgefahrenen und die Reparatur der Leitplanke aufkommen wird.
Es besteht Hoffnung, dass der Gesundheitsschaden des Auffahrenden keinen Dauerschaden hervorrufen wird. Er hatte sein Fahrzeug eh vollkaskoversichert. Und da er nicht grob fahrlässig gehandelt hatte, musste die Versicherung ihm einen neuen Wagen bezahlen. Aber bis er das Geld hatte, sollten noch viele Monate vergehen. So sind halt Versicherungen!

Viel wichtiger als dieser leidige Kram war ihm allerdings sein eigener Gesundheitszustand. Nach drei Wochen konnte er zwar wieder kleine Strecken gehen und normal reden, aber seine Leistungsfähigkeit war noch lange nicht auf dem alten Niveau.
Also hieß es wieder und wieder: Geduld und keine Überanstrengung.

x x x

An einem schönen Nachmittag saß Klaus auf der Gartenbank der Reha-Klinik und fing langsam an, der sommerlichen Ruhe etwas Gutes abzugewinnen. Da erblickte er einen seiner Vorstandskollegen mit suchenden Blicken in der Tür der Klinik. Ein kurzer Wink und er kam zu ihm.

„Hallo, was führt dich hierher?"

„Na, dreimal darfst du raten: Ich will dich besuchen!"

„Das ist nett. Nimm Platz, hier passen auch zwei von unserer Sorte auf die Bank."

Die nächste Viertelstunde füllte sich mit kleinen Informationen und natürlich Grüßen von allen Kollegen und Mitarbeitern, die Klaus sehr freuten. Komisch, wenn man so alleine ist, freut man sich über ein paar Lebenszeichen und Grüße viel mehr als sonst im Alltag. Und überhaupt hatte er gleich eine freudigere Stimmung, als er wieder „Firmenluft" schnupperte.

Sein Gesicht wurde allerdings bald ernster, als sein Besucher ihm vertraulich erzählte, dass es da Pläne gibt, die mit ziemlichen Umbauten der Firmenstruktur zusammenhängen. Zunächst erzählte er nur ganz allgemein, dass das Management beschlossen hätte, ein paar passende kleinere Firmen zu kaufen, aber auch Teile der heutigen Produktions-Palette zu verkaufen.

„Oh, oh, was kommt jetzt?", ging es Klaus sofort hellwach durch den Kopf. Sein Informant hatte sicherlich nicht ohne Grund sein Gespräch so aufgebaut, dass erst der unproblematische Teil vorgescho-

ben war und nun der weniger angenehme Teil kommen wird.
Seine Ahnung war nicht ganz verkehrt, denn nun erfuhr er, dass unter den zum Verkauf vorgesehenen Teilen zu seiner Überraschung auch der riesige Brocken der Pharma-Sparte war. Schlagartig gingen ihm alle möglichen Gedanken durch den Kopf. Wer kann denn so ein dickes Ei überhaupt bezahlen? Da sind doch zehnstellige Euro-Beträge im Spiel!?
Und wo steuert eigentlich die eigene Firma hin, wenn sie so einen Brocken freigeben will?
Aber mehr als ein „Mh, mh“, kam jetzt nicht über seine Lippen.
„Das ist ja wirklich ein dickes Ding, was ihr da vorhabt. Sind denn schon Gespräche mit Interessenten geführt worden?“
Sein Besucher druckste ein bisschen herum. „Sag’ es bitte niemandem, auch nicht deiner Frau, ja? – Du weißt, was man da für eine Lawine lostreten kann, wenn so etwas zu früh an die interne und externe Öffentlichkeit gelangt. Was wir von dir brauchen - aber natürlich erst, wenn du wieder fit bist -, ist die wirtschaftliche Entwicklung der 10 umsatzstärksten Präparate, sagen wir über die letzten drei Jahre. So mit Kurven über Umsatz, Selbstkosten und Gewinn. Kannst du das machen?“
„Ja, natürlich. Ich hoffe ja stark, dass ich nächste Woche wieder daheim bin.“
Sein Gast verschwand mit freundlichem Gesicht und er blieb nachdenklich, wie wohl nie zuvor in seinem Leben, sitzen.

Wenn das wahr wird, dass die ganze Pharma-Sparte verkauft würde, dann ist die Firma nicht mehr die, die sie einmal war, und - das traf ihn vor allem persönlich -, dann ist auch sein Posten in Gefahr.
„Mein Gott, was kann denn nun noch alles passieren?“, durchfuhr es ihn.
Ein Kind, ein Infarkt, ein Autounfall und nun vielleicht noch der Verlust des Arbeitsplatzes.
„Bloß gut, dass ich damals meinen Einzelvertrag auf drei Millionen Euro Abfindung bei geschäftsbedingter Auflösung des Arbeitsvertrags aufstocken konnte“, erinnerte er sich. Trotzdem war alles ein bisschen viel in den letzten Tagen. Er ging zum Stationsarzt, teilte ihm mit, dass er ziemlich unruhig sei und für die Nacht ein leichtes Schlafmittel möchte.
Mit zwei Tabletten in der Hand verschwand er in seinem Zimmer und legte sich schon sehr früh zum Schlafen ins Bett.

x x x

Brigitte hatte in den letzten Tagen, in denen Klaus im Krankenhaus und in der Reha war, mehr Zeit als sonst. Sie hatte sich Klaus’ Äußerung, Rosi einen Pflichtteil zukommen zu lassen, durch den Kopf gehen lassen und war zu einem konkreten Vorschlag von ihr gekommen.
Frauen sind da immer viel pragmatischer und unkomplizierter als Männer. Klaus dachte zuerst an die Schwierigkeit, zu einer ordentlichen Vermögens-

aufstellung zu kommen. Brigitte hatte einen klaren Vorschlag.
Als Klaus wieder daheim war, machte sie ihm unumwunden den Vorschlag, Rosi eine der beiden Eigentumswohnungen zu schenken.
Klaus war einerseits von der Klarheit und Schnelligkeit ihres Vorschlags überrascht, andererseits fing er sofort wieder an zu überlegen, ob das wertmäßig denn so hinkommt. Brigitte zerstreute mit einem einzigen Argument seine Bedenken: „Wer verlangt denn eine Vermögensaufstellung? Keiner! Also nehmen wir die eine Wohnung und die Sache ist erledigt. Ich habe keine Lust wegen dieser Angelegenheit vielleicht monatelang mit irgendwelchen Leuten herumzufeilschen. Selbstverständlich ist die Überschreibung an zwei Bedingungen geknüpft, die vorher erst erfüllt werden müssen: Erstens muss dein Vaterschaftsnachweis noch positiv geführt werden und zweitens muss Rosi bei der Eigentumsübertragung ein Revers unterschreiben, dass damit ihr Erbanteil abgegolten ist und sie keine weiteren Forderungen vor oder nach deinem Tode stellen darf. Aber das formulieren uns schon die Anwälte, wie wir es wollen. – Was hältst du davon?“
„Toll. Ich finde deinen Vorschlag gut. Das machen wir so.“
Er wollte noch etwas sagen, behielt es aber für sich. Ihm fiel nämlich ein Spruch ein, dass die weibliche Intuition die Intelligenz der Seele sei. „Stimmt“, dachte er und nickte kräftig wortlos vor sich hin.

x x x

Als Rosi 18 Jahre geworden war, hatten Bernd und Hanni Redding sie aufgeklärt, dass Bernd nicht ihr leiblicher Vater sei, sondern ein anderer Mann. Sie hatten die Umstände, wie es zu dieser Situation gekommen war, Rosi leicht verkürzt erklärt. Rosi war erstaunlich ruhig geblieben. Sie hatte nur nach dem Namen und der Anschrift ihres leiblichen Vaters gefragt. Den Namen nannte Hanni ihr; die Anschrift war ihr unbekannt.

Bernd und Hanni gegenüber hatte Rosi dieses Thema nie wieder angeschnitten. Bernd, ihr Stiefvater, war ohne neue Erwähnung dieses Themas vor einem Jahr gestorben.

Eines Abends hatte aber Rosi, als sie gerade in Brüssel in ihrer Kleinwohnung beim Abendbrot war, ein längeres Telefonat mit Ihrer Mutter.

Hanni schilderte ihr ausführlich Klaus' Besuch bei ihr.

Sie ließ fast nichts weg, weder die Andeutung einer Erbschaft, noch ihren persönlichen Eindruck von ihm.

Rosi schwieg darauf eine Weile und fragte überhaupt nicht nach dem Stichwort Erbschaft. Sie stellte ihrer Mutter eine ganz andere Frage: „Liebst du den Mann noch?“

Nun war es erst mal an Hanni zu schweigen. Nach einer kurzen Zeit meinte sie: „Quatsch. Er sieht ganz nett aus und ist freundlich. Also war ich auch freundlich. Aber außerdem ist er ja verheiratet. Und

was aus solchen Eskapaden herauskommen kann, muss ich dir ja sicher nicht erklären."
Aber Rosi merkte schon am Tonfall und der Pause, dass sie ihn immer noch mochte.

x x x

Einen Tag nach Ende seiner Reha-Kur lag der Brief in seinen Händen, mit dem Klaus mehr oder weniger gerechnet hatte: Seine Kündigung.

„Sehr geehrter Herr Dr. Fendrich,

wie Sie bereits wissen, wurde die von Ihnen als Vorstandsmitglied vertretene Pharma-Sparte von unserem Hause im Rahmen einer Umstrukturierung verkauft. Dadurch entfällt Ihr Vorstandsbereich zu 100 Prozent.
Wir danken Ihnen an dieser Stelle für Ihre jahrelange erfolgreiche Tätigkeit in unserem Werk zuletzt als Vorstandsmitglied im Pharmabereich und sehen uns aus Rationalisierungsgründen nun gezwungen, Sie zu entlassen. Wir beziehen uns hierbei auf ihren Einzelvertrag §…" sowieso, blablabla.
Er wird von der Arbeit freigestellt und bezieht außer einem Jahresgehalt noch drei Millionen Euro in drei Raten.
Gut, dass er gesundheitlich wieder so stabilisiert ist, dass er nicht gleich wieder einen Infarkt bekommt. Er hatte in der Klinik erfahren, dass es Menschen gibt, die bereits beim ersten Infarkt schon sterben.

Andere haben noch ein paar davon und kommen wieder durch. Nur nicht aufregen, redete er sich ganz fest ein und machte erst einmal eine Lesepause. Den Kleinkram konnte er später lesen. Außerdem wird er den Brief und seinen Vertrag noch seinem Anwalt zu lesen geben. Mal sehen, was der meint. Er selbst war im Moment noch viel zu sehr hin- und hergerissen. Auf der einen Seite ärgerte er sich, weil er keinen anderen Arbeitsbereich bekam. Auf der anderen Seite war er viele Sorgen los und drei Millionen Abfindung waren viel Geld. Das durfte man überhaupt niemandem erzählen, auch Freunden nicht. Es gab eine „vertragliche Abfindung“, mehr durfte kein Außenstehender erfahren.
Die nächsten Wochen werden ihn mit drei Sachen beschäftigen:
Diskussionen mit dem Anwalt über Details der Entlassung, Weihnachtsgeschenke 2002 überlegen, besprechen mit Brigitte und kaufen, und, *last not least,* wie geht es weiter?

x x x

Die Anwaltsdiskussionen waren sehr schnell erledigt. Der meinte nämlich: „Alles so lassen und freundlich akzeptieren!“ Er hatte von Kollegen gehört, dass ein Streit über so hohe Summen immer mit der Gefahr verbunden ist, dass er in die Öffentlichkeit gerät. Und dann müsse er mit allem rechnen, auch mit eingeworfenen Fenstern durch aufgebrach-

te, ultralinke Mitarbeiter. Also gut, so ließ er alles so laufen, wie vertraglich zugesichert.
Die Weihnachtsgeschenke waren auch kein Problem dank zweier Umstände mehr: Auf der einen Seite hatte Brigitte gute und konkrete Vorstellungen, die er bloß zu akzeptieren brauchte. Auf der anderen Seite war durch die Abfindung eigentlich genug Geld da, „normale“ Geschenke zu bezahlen. Aber was ist heute schon normal? Er legte mit Brigitte fest: Er bekommt einen neuen Mercedes, weil er seinen Dienstwagen natürlich abgeben muss. Vielleicht kann er ihn auch der Firma abkaufen? Mal sehen.
Brigitte bekommt einen Diamantring mit einem Zweikaräter; den hatte sie sich schon lange gewünscht. Und eine Frisiertoilette ins Schlafzimmer, weil sie bis jetzt immer zum Kämmen ins Bad gehen musste.
Sven und Markus bekommen jeder ein Mountainbike und einen Laptop, obwohl die Dinger noch ziemlich teuer sind.
Geschenke für Oma, Opa und ein paar Verwandte und Freunde wollte Brigitte erledigen. Klaus war froh, dass sie das regelte.
Ein kleines Problem musste noch geklärt werden. „Was machen wir mit Hanni und Rosi?“ – Klaus und Brigitte einigten sich, dass in diesem Jahr nur freundliche Briefe geschrieben werden, weil man sich ja zu den teureren Regelungen erst noch einigen musste. „Okay, so machen wir’s.“

Das dickste Ei aber war die Zukunft von Klaus. Das war auf keinen Fall bis Weihnachten zu klären. Er war jetzt gerade mal 50 geworden. Nach diesem Infarkt und dem Unfall fühlte er sich nicht mehr so fit wie früher und wusste ganz gut, dass man mit einer 5 vorne dran in der Industrie kaum noch Chancen hat. Die Zukunftsfrage ist sein Problem, das er in den nächsten Wochen und Monaten beantworten muss.

x x x

Teil 2: Rosi und John

Rosi war hübsch. Man konnte schon sagen, sie war sehr hübsch. Ihre Haarfarbe war brünett. Sie hatte schon andere Farben ausprobiert und getestet, ob sie sich selbst damit gefiel. Tizian sah gut aus, Blond auch. Nur Schwarz schien ihr nicht zu stehen.
Was vor allem die Männer reizte und sie wiederholt dazu brachte, zu ihr hinzugucken, war ihre Haarpracht: Sie hatte relativ langes Haar und schönes, kräftiges dazu. Da war es fast egal, welche Frisur sie trug; immer war ihr hübsches und apartes Gesicht mit einem auffallenden, gepflegten Wuschel von Haaren umgeben. Und sie wusste auch, welche Wirkung das auf Männer hatte, wenn sie sich zum Beispiel schwungvoll umdrehte.
Ihre Kleidung war solide bis schick. Die Mode mit all zu viel Körperbetonung mochte sie nicht. Das kam ihr immer so ein bisschen nuttenhaft vor. Sie wusste, dass auch ein schöner, aber bekleideter Busen immer noch gut aussieht und das Selbstbewusstsein jeder Frau hebt. Und sie hatte einen schönen.
Es war klar, dass ihr an ihrer Fremdsprachen-Schule in Brüssel nicht nur nette Kommilitonen, sondern auch manche Männer aus den zahlreichen Europäischen Behörden in Brüssel schöne Augen machen werden. Und gerade die Letzteren gab es ja in allen Altersklassen. „Je oller, desto doller“, heißt ja nicht umsonst ein deutsches Sprichwort. So kam es, dass vor allem die leicht ergrauten Herren sie öfter zum Kaffee einladen wollten, als ihr recht war. Aber das

hatte sie sich vorgenommen: Mit Älteren gibt's kein Techtelmechtel, *no date*!
Unter den Jüngeren hatte sich bald eine Freundschaft und Beziehung mit einem gewissen John herauskristallisiert.
John war seinerseits ein smarter, junger Mann, der in seinem ganzen Habitus ganz klar erwarten ließ, dass er sich die Diplomatenlaufbahn vorgenommen hatte. Der freundliche Zufall wollte es, dass die beiden sich auf dem Brüsseler Einwohnermeldeamt kennen gelernt hatten, als sie sich am gleichen Tag dort angemeldet hatten. Sein Vater war in Detroit Anwalt und recht wohlhabend. Seine Mutter stammte auch aus Detroit, hatte aber keine besondere berufliche Laufbahn absolviert. Da sie daheim bei John einen großen Haushalt führte, hatte sie auch damit wohl genug zu tun. John sah so aus, wie sich Schwiegermütter ihren Schwiegersohn wünschen. Und das Schlimmste an ihm war, er verhielt sich auch noch zu allen so sympathisch, dass es wirklich allen Gesprächspartnern schwer wurde, sich seinem Charme zu entziehen. Da er von Hause aus finanziell gut ausgestattet war, konnte er auch immer modische und ordentliche Kleidung tragen. Als Beispiel für seine Ordnungsliebe sei erwähnt, dass er sich bereits am ersten Tag in Brüssel erkundigt hatte, wo er seine Hemden waschen und bügeln lassen konnte.
Bei so viel Vorschusslorbeeren haben solche jungen Männer natürlich immer mit einem Problem zu kämpfen: Das sind freizügige oder raffinierte Frauen. Auch die gab und gibt es natürlich in Brüssel bei

so vielen großen Behörden. Gelegentlich hört man den Spruch für einige Frauen dieser Art: „Richtigen Mann abbekommen - Karriere erfüllt!"
Umso erstaunlicher war es, dass das Schicksal Rosi und John zusammengeführt hatte, denn Rosi war weder freizügig noch raffiniert, und reich war sie auch nicht. Es spricht absolut für Johns gute Charaktereigenschaften, dass er sehr schnell erkannte, dass Rosi nicht nur eine nette, sondern auch eine sehr ausgeglichene und vernünftige junge Frau war.
Es gibt Menschen, die behaupten, dass gute Charaktere in einem Umfeld von schlechten Menschen nicht verdorben werden. Das wird zwar nicht immer und überall stimmen, aber für Rosi und John schien es zuzutreffen.
Tagsüber konnten die beiden sich an Wochentagen kaum sehen, weil die Schulen und Seminare unterschiedlich waren. Aber abends und vor allem am Wochenende ergaben sich natürlich viele Möglichkeiten. *Where there is a will, there is a way!*
Immerhin gab es ja auch gemeinsame Interessen. Und das waren zum Beispiel die Sprachen. Beide mussten mindestens drei Sprachen belegen. Rosi entschied sich für Englisch, Deutsch und Französisch. John belegte zunächst Englisch und Deutsch. Er schwankte lange zwischen Spanisch und Französisch als dritte Sprache. Immerhin sprechen mehr Menschen Spanisch auf der Welt als Französisch. Aber er nahm dann doch als dritte Sprache auch Französisch, vielleicht mit einem Seitengedanken an Rosi. So konnten sie sich gegenseitig im Sprachbe-

reich durch entsprechende Konversation unterstützen.
Dass alle beide in Brüssel auch noch eine ganze Menge Alltags-Flämisch mitbekamen, versteht sich von selbst. Beiden fiel sehr schnell auf, dass die französischen Zeitungen oft ganz andere Dinge berichteten, als die flämischen.
Zwischen den beiden Seiten herrscht bekanntlich in Belgien nicht so sehr viel Übereinstimmung. Und wenn man über das Tagesgeschehen umfassend unterrichtet sein wollte, war man nicht schlecht beraten, beide Seiten zu kennen.
Übrigens ergaben die beiderseitigen Französisch-Kenntnisse gelegentlich ganz nette außerberufliche Vorteile, weil bei weitem nicht alle Berufstätigen Französisch können. So konnten sie zum Beispiel bei ihren beiden Eltern schnell einmal eine kleine französische Bemerkung einschieben, die die Eltern nicht verstehen konnten. Mit Englisch ging so etwas nicht, das können sehr viele Menschen.

x x x

Rosi war nicht gerade ein Elektronikfreak, aber einen E-Mail-Anschluss hatte sie schon daheim. Und als sie ihren Computer abends fragte, ob es neue Nachrichten gäbe, lieferte er eine kurze Nachricht ihrer Mutter. Deren verstorbener Mann Bernd hatte ihr noch vor seinem Tod beigebracht, wie man E-Mails schreibt und empfängt. Sie war froh darum und dankbar, denn mancher Kontakt ging so viel

leichter und schneller. Andererseits gibt es aber auch immer wieder Fälle, in denen man besser nichts schreibt, sondern mit den Freunden spricht, persönlich oder wenigsten per Telefon.
Nun, da schreibt also die Mama: „Liebe Rosi, wenn Du Zeit hast, ruf mich bitte abends mal an. Ich möchte etwas mit Dir besprechen. Liebe Grüße von Mama."
„Na, was wird sie denn besprechen wollen?", ging es ihr durch den Kopf.
Abends erreichte sie Mama telefonisch. „Um was geht's?"
Hanni eröffnete ihr, dass sie beschlossen habe, einen Europa-Besuch zu unternehmen, bei dem sie unter anderem auch in Brüssel und in Mainz Station machen wolle.
Sie plane Rosis Vater zu besuchen. Sie fragt an, ob Rosi mitkommen wolle und könne, und wenn ja, wann? Außerdem möchte sie auch noch einmal nach Hannover fahren.
Nach kurzer Überlegung teilt Rosi ihr mit, dass sie in der nächsten Zeit wegen der laufenden Schule, die sie besucht, nicht mitkommen könne. Sie wünscht ihr viel Glück und gute Gespräche in der alten Heimat. Eine zeitliche Abstimmung ist aber mit ihr nicht erforderlich.
So, so, Mama besucht also Ihre Vergangenheit. Irgendwann will sie natürlich ihren leiblichen Vater auch kennen lernen, nicht nur weil es etwas zu erben geben könnte. Jeder normale Mensch möchte seine Erzeuger kennen. Aber die gerade begonnene Dol-

metscher-Laufbahn deswegen zu unterbrechen, erschien ihr nicht angemessen.
Ein paar Minuten später kommt John zu ihr und erzählt ganz begeistert, dass er eine Jogging-Gruppe gefunden hat, die Mittwochabend und Samstagvormittag trainiert. Der eigene Leistungsstand sei egal, weil es zwei Gruppen gibt: Eine schnellere und eine langsamere. „Hast Du nicht auch Lust, Rosi?“, strahlt er sie an. „Du, mittwochs kann ich nicht immer, aber samstags schon. *Okay, we do it!*“

x x x

Samstagmorgen, Schnellfrühstück, Joggen ist angesagt.
Rosi und John sind beide da und schließen sich der leistungsschwächeren Gruppe an. Mein lieber Mann, was da für hübsche, sportliche Männer und Frauen herumlaufen. „Wer da einen Partner sucht, der muss einen finden“, denkt Rosi.
„Mach einen guten Eindruck, *boy*!“, sind Johns Gedanken.
Es stellt sich bald heraus, dass die Gesprächigkeit der Teilnehmer sehr unterschiedlich ist. Mit einigen Läufern kann man sich wirklich nett unterhalten, mit anderen weniger. Nur die Hälfte etwa sind Belgier; die anderen kommen aus aller Herren Länder. Aber das macht die Gespräche für sprachgeübte, junge Leute nur interessanter.
Rosi und John sind nach einer Stunde wohlig durchgeschwitzt und fahren zu ihm nach Hause in seine

gemietete Miniwohnung. Beide stellen fest, dass es immer wieder erstaunlich ist, dass sich kleine, drahtige, dürre Typen offenbar beim Joggen am leichtesten tun. Jedes Kilogramm, was man zu viel mit sich herum schleppt, macht einen langsamer. John meinte sich zu erinnern, dass er irgendwo einmal gelesen oder gehört hatte, dass wissenschaftliche Untersuchungen gezeigt hätten, dass für Langstreckenläufe vor allem das Gewicht bzw. der Umfang der Waden eine große Rolle spiele.

Beide beschließen, öfter mitzurennen. Allerdings sind ihre nicht ausgesprochenen Gründe ein klein wenig unterschiedlich.

John findet die Teilnehmer *okay and cool.* Laufprobleme in der schwächeren Gruppe hat er natürlich nicht.

Rosi findet die Leute auch okay, denkt aber einen Schritt weiter: Hübsche Gelegenheiten machen Diebe, und wenn sie dabei ist, passiert da nix. Und viele der Läuferinnen sahen schon wirklich gut aus. Außerdem waren es auch noch mehr Frauen als Männer.

Der Laufkurs verlief übrigens zum größten Teil über schmale oder normale Gehwege. Nur an einer Stelle verlief er über eine große Wiese. Dort ergaben sich häufig neue Laufpartner, weil man mühelos nebeneinander vorbeilaufen konnte.

Man konnte an dieser Stelle allmählich recht deutlich sehen, wer gerne mit wem zusammen läuft und auch, wer sich nicht so recht grün ist. Selbst wenn man sich vorgenommen hatte, mit jedem gleich

freundlich zu sein, ist es eben nicht zu leugnen, dass es mit jemandem, der einem sympathisch ist, mehr Spaß macht, als mit jemandem, der einem unsympathisch ist.
Die Ausbildungen von Rosi und John, die Lauftreffs und der Alltag hatten sich gerade zufrieden stellend eingependelt, als es eines Tages eine Überraschung gab, die beide nicht so recht in ihr Leben einordnen konnten.
Beim Laufen tauchte nämlich überraschend Rosis Französisch-Dozent auf.
Mit „*Hallo, je suis Pierre, Pierre Plumot*" führte er sich unkompliziert und ziemlich selbstsicher ein.
Natürlich erkannte er Rosi und begrüßte sie auch noch extra. Er war um die 40 oder 45 herum und lief recht routiniert und sportlich. So gut, so schön, wenn Rosi es nicht langsam aufgefallen wäre, dass er an der bekannten Wiese anscheinend öfter als es statistisch zu erwarten gewesen wäre „zufällig" neben Rosi auftauchte. Es gehörte nicht viel Intuition dazu, zu ahnen, dass es eben kein Zufall war.
„Will der PP etwas von dir?" fragte John eines Tages Rosi.
„Ich weiß es nicht - und ich will es auch nicht wissen, John", war ihre spontane, aber doch etwas unsichere Antwort.

x x x

Teil 3: Kommt Hanni zurück nach Deutschland?

Hanni plant ihre Europareise im Frühjahr 2003. Eigentlich ist es ja mehr eine Reise nach Deutschland mit einer Unterbrechung in Brüssel bei Ihrer Tochter.
Je mehr sie sich mit den Daten für Hinflug, Rückflug, Schlafgelegenheiten usw. befasst, desto mehr kommen ihr Erinnerungen wieder ins Gedächtnis und dabei muss sie sich einfach eingestehen, dass sie sich sehr auf die Reise freut.
Sie wird zuerst nach Brüssel fliegen, um Rosi und John zu besuchen.
Der nächste Punkt wird Mainz sein, um mit Klaus zu sprechen und seine Frau Brigitte kennen zu lernen. Wenn sie daran denkt, bekommt sie regelmäßig ein bisschen Herzklopfen. Dann will sie nach Hannover, wo sie 1980 Klaus kennen gelernt hatte. Und dann über Brüssel wieder zurück nach L.A.
In Brüssel kann sie bei Rosi schlafen, ein paar Tage geht das sicher gut.
In Mainz will sie auf keinen Fall bei Klaus übernachten, nein, nein, das kommt nicht in Frage! Sie mag ihn nicht einmal fragen, ob er ihr ein Hotel in Mainz bucht. Vielleicht kann das auch Rosi für sie machen. Schließlich hat Rosi ja kein Sprachproblem bei der Buchung. Sie wird ihr sagen, dass sie drei Tage in Mainz Station machen will. Dann käme Hannover dran. Da muss sie mal schauen, ob sie eine alte Freundin anrufen kann, bei der sie schlafen kann. Die kann ja auch mal nach L.A. kommen zu

Besuch, oder? Eine Woche will sie mal noch offen lassen. Was sie da macht, weiß sie noch nicht. Der Rückflug wird jedenfalls erst drei Wochen nach der Ankunft erfolgen.

x x x

Seit gestern Abend ist Hanni in Deutschland und hat ihre erste Hotelnacht hinter sich. Gut geschlafen hat sie nicht, und ihr Puls verrät ihrem Verstand, was jetzt kommt: Der Anruf bei Klaus, dass sie in Deutschland sei und, wenn es recht ist, ihn und seine Frau gegen 10 Uhr besuchen möchte.
„Hallo Klaus? Hier ist Hanni. Ich bin gestern gut hier in Mainz angekommen…"
Sie wunderte sich, wie glatt das alles ging. Bis auf den Puls, der raste fröhlich vor sich hin. „Bleib cool, bleib cool! Wir können jetzt keinen Kreislaufkollaps brauchen!", flüsterte sie leise, um sich im Griff zu behalten.
Die Taxe brachte sie in wenigen Minuten auf den Lerchenberg vor Fendrichs Haus. „Nicht schlecht, Herr Specht", dachte sie beim Anblick der wunderschönen Villa mit viel Garten vorne und hinten.
Sie kam gar nicht dazu, zu klingeln, denn Klaus stand schon vor der Tür, als sie noch die Taxe bezahlte und den Blumenstrauß aus dem Wagen holte.
„Hallo, Klaus! Die sind für deine liebe Frau Brigitte", womit sie ihm die Blumen in die Hand drückte.
Neugierig hatte Klaus schnell seine Besucherin mit einem intensiven Blick erfasst und festgestellt, dass

sie sich sehr hübsch herausgeputzt hatte. Mit 49 Jahren sah sie wirklich gut vorzeigbar aus. Sein Eindruck täuschte nicht, dass sie sogar noch ein klein wenig abgenommen haben musste seit seinem letzten Besuch in den Staaten. Eine lockere Frisur, ein farblich gut passendes Kleid und ein bestechend gewinnendes Lächeln, das ihn schon vor vielen Jahren gefesselt hatte, sagten in seinem Kopf: „Toll!" Figurbewusste und geschmackvoll gepflegte Frauen können heute mit 50 wirklich noch wie Dreißigjährige aussehen.

„Komm rein!", forderte Klaus Hanni auf, ihm über die Treppe ins Haus zu folgen. „Schön, dass er beim Du geblieben ist", stellte Hanni zufrieden für sich fest. Dann läuft das Ganze sicher nicht so verkrampft und befremdend ab.

Da kam auch Brigitte, die nun ihrerseits voll Neugier und wohl auch Skepsis Hanni musterte. Aber beide Frauen begrüßten sich freundlich. Und, Klaus hatte den sicheren Eindruck, dass da nichts Bösartiges zu spüren war. Da Frauen noch viel intensiver Meister im Erkennen solcher Gefühle sind, fiel es Hanni auch auf, dass hier im Haus eine recht unkomplizierte, freundliche Atmosphäre herrschte. Und das tat gut.

Als Erstes musste Hanni das Haus gezeigt werden, wobei einmal Klaus redete und einmal Brigitte. Sie war offensichtlich für die geschmackvolle Einrichtung zuständig, während Klaus mit großer Freude ein paar der wunderschönen Gemälde und alten Bücher erläuterte. Hanni wurde dabei gleich wieder an

die damalige Begegnung erinnert, bei der sie Klaus auch schon bewundert, um nicht zu sagen angehimmelt, hat, weil Klaus nicht bloß seine Berufskenntnisse im Kopfe hatte, sondern auch im Kunstbereich intensives Wissen schon in jungen Jahren erworben hatte. Das hatte sich wohl bis heute erhalten und noch vertieft.
Zwei Gemälde gefielen ihr besonders. Sie waren von einem noch lebenden Maler im Ort geschaffen. Sie stellten ein paar besonders malerische Blickwinkel im Ort mit älteren Häusern und farbigen Herbstbäumen in harmonischer Raumaufteilung und angenehmen Farben dar. So etwas gefiel ihr auch. Mit abstrakter Malerei hatte sie nichts im Sinn, obwohl ihr Klaus gleich erklärte, dass man sich damit ein bisschen mehr beschäftigen muss, um Ansprechendes und Nichtssagendes auseinander zu halten. Er erzählte ihr von einer Vernissage, bei der er vor einem Bild gestanden hatte, das lauter Autoteile und ein kleines Mädchen durcheinander gewürfelt darstellte. Mit dem Titel „Samstagvormittag“ konnte er zunächst nichts anfangen. Aber nachdem der ihm bekannte Maler ihm nur kurz mitteilte, dass er samstags sein Auto putze und seine Tochter ihm dabei oft zuschaue, war alles klar: Das waren alle geputzten Teile mit Zwischenblicken zur Tochter. So einfach kann das manchmal sein. Hanni nickte nun auch verständnisvoll.
Brigitte rief zum Kaffee mit Keksen. Man nahm Platz und konnte sich ohne Kinder, die noch in der Schule waren, in Ruhe unterhalten.

Hanni fing damit an, dass sie feststellte, dass anscheinend alle Menschen mit fortschreitendem Alter auch immer mal wieder auf ihre Wurzeln zurückkommen. So sei eben Rosis Wunsch, ihren leiblichen Vater kennen zu lernen, gut zu verstehen, ebenso, wie sie selbst, nachdem ihr Mann leider so früh verstorben ist, eine Erinnerungsrunde in Deutschland machen möchte.
Brigitte kam etwas direkter auf den wichtigen Punkt zu sprechen. Sie sagte, dass sie nach dem ersten Schreck und nunmehr reiflichem Nachdenken übereingekommen sind, dass sie Hanni und Rosi gerne kennen lernen wollen und dass Rosi als leibliches Kind von Klaus auch als erbberechtigt angesehen werden soll. Der Korrektheit halber, bitten sie aber darum, dass von Klaus und Rosi ein DNA-Vergleich gemacht werden soll, um das Vater-Tochter-Verhältnis auch zu dokumentieren. Während dieser Mitteilung schaute Klaus leicht errötend zu Boden. Das war ihm schon verdammt peinlich. Aber Brigitte war dafür bekannt, alles ohne Umschweife zu klären. Und zu aller Erleichterung stimmte Hanni dem auch zu. Sie meinte, dass man das am besten dann durchführen sollte, wenn Rosi hier einmal ihren leiblichen Vater besucht. Dann könnten ja die beiden zu so einem Testinstitut gehen und die Proben nehmen lassen. Sie sei auch für Klarheit und wird das so Rosi mitteilen.
„Typisch deutsch“, ging es sofort Hanni durch den Kopf. Alles wird exakt und ordentlich geklärt. Aber

irgendwie ist das jedenfalls besser als manches unklare Durcheinander in den Staaten.
Brigitte kam auf den nächsten Punkt zu sprechen, das Erbe. Ohne Umschweife erklärte sie Hanni, dass sie bei positivem Vaterschaftstest vorgesehen hätten, Rosi eine Wohnung in Wiesbaden als vorgezogenes Erbe zu überschreiben. Aber auch hier bitten sie darum, dass Rosi dann eine Verzichtserklärung für weiteres Erbe unterzeichnen müsse. Sie meinen, dass dies eine einfache, schnelle und faire Lösung für alle sei. Hanni stimmte auch hier zu, wobei ihr allerdings noch zwei Dinge wichtig waren zu sagen. Einmal sei sie ohne jede Forderung hierher gekommen und freue sich natürlich sehr, dass Brigitte und Klaus sie so freundlich empfangen haben. Das Zweite ist, dass sie nur für sich zustimmen könne, aber natürlich nicht für Rosi. Die ist ja volljährig und muss selbstständig zu diesen Vorschlägen Stellung nehmen. Sie nehme allerdings an, dass sie wohl gleich oder ähnlich wie sie darauf reagieren wird.
Klaus war mächtig erleichtert, dass die beiden Frauen als Hauptakteure die wichtigsten Punkte innerhalb einer Stunde geklärt hatten. Er atmete tief und froh ein und ließ einen glücklichen kleinen Seufzer los.
Jetzt konnte man nun auch über weniger problematische Dinge reden.
Über kurz oder lang erzählte er auch, dass er seinen langjährigen Job verloren hatte. Es gehe ihm zwar im Moment nicht schlecht, aber für die Zukunft

muss er eine Beschäftigung finden, die ihn ausfüllt und befriedigt. Und die suche er gerade.
Klaus saß in seinem Sessel und man sah ihm an, dass das Gespräch ihn doch ziemlich Kraft gekostet hatte. Er war für einige Zeit mit seinen Gedanken bei der neuen Jobsuche hängen geblieben, mochte aber über seine Ideen und Telefonate weder Brigitte und schon gar nicht Hanni etwas sagen.
Hanni nahm das Gespräch wieder auf und wollte sich verabschieden.
„Aber nein, das kommt gar nicht in Frage“, rief Brigitte, „Sie bleiben hier zum Mittagessen. Kurz nach eins kommen unsere Kinder. Die müssen Sie ja auch noch kennen lernen. Okay?“

x x x

Als Hanni wieder im Hotel ankam, war es draußen dunkel geworden. Mein Gott, wie viel Stunden war sie denn bei Fendrichs gewesen? Geplant war das nicht, aber insgeheim hatte sie auf eine freundliche Aufnahme gehofft.
Was mögen jetzt Klaus und Brigitte gerade denken, ging es ihr im Kopf herum.
Sie waren für morgen noch einmal bis Mittag verabredet, denn nachmittags ging ihr Zug nach Hannover. Alles Mögliche lief in ihren Gedanken ab. Aber irgendwann wurde sie wohlig müde. Essen mochte sie nichts mehr im Hotel, Klaus und Brigitte hatten Mittag, Kaffee und Abendbrot angeboten. Das war mehr als sie erwarten konnte.

Mal sehen, was es morgen noch gibt.

x x x

Nach dem Frühstück im Hotel kamen Klaus und Brigitte ins Hotel und holten sie ab. Das war natürlich allein deswegen schon prima, weil sie jetzt ihr Gepäck, einen Koffer und eine große Tasche, nicht zu schleppen brauchte. Fendrichs machten mit ihr eine kleine Stadtrundfahrt. An das ZDF, den Neroberg und den Rhein konnte sie sich danach noch gut erinnern. Da das Wetter ganz gut mitspielte, zeigten sich Mainz und Wiesbaden von der freundlichsten Seite. Und man sah es Hanni regelrecht an, dass ihr das Old Germany doch verdammt gut gefiel. Kleinere Straßen, so viele alte, aber schön renovierte Häuser, viele Menschen, von denen die meisten sogar trotz des zweifelhaften Images der Deutschen im Ausland recht nett und hilfsbereit waren, die meisten Stellen, wo sie hinkamen schön sauber - das alles gefiel ihr schon sehr. Für einen kurzen Moment fragte sie sich, ob sie wohl wieder hier leben könnte? Aber schon ging es weiter zum Mittagessen in eine Gaststätte am Rhein. Wiener Schnitzel gab es zwar in den Staaten auch, aber das hier war so appetitlich zurechtgemacht, da konnte man schon mal vergessen, dass man nicht zu dick werden will. Klaus hatte eine Flasche Sekt dazu bestellt. Nachdem er eingegossen hatte, war es wieder Brigitte, die das richtige Wort ergriff: „Da ich davon ausgehe, dass wir doch alle irgendwie miteinander verwandt sind, schlage

ich vor, dass wir noch ganz schnell das Sie abschaffen und uns duzen, einverstanden? Also Prost Hanni, auf eine gute Zukunft für uns alle!" Klaus strahlte, Hanni auch, und alle sagten noch einmal laut und deutlich: „Prost!"
„Das war ein Tag, so wunderschön…", so ein Lied gab's doch da in Deutschland, oder? Hanni war glücklich.
Als sie im Zug saß, musste sie als Erstes gleich Rosi anrufen und ihr alles brühwarm erzählen. Als sie fertig war, wusste sie vor Aufregung gar nicht mehr, ob Rosi nun eigentlich zu allem zugestimmt hatte oder nicht. Na, macht nix. Sie werden ja bald wieder telefonieren.

x x x

„Hannover. Mein Gott, wie lange ist das her, dass ich hier war?"
Hanni hatte Mühe, bei der Zugeinfahrt Gebäude wieder zu erkennen. Außerdem war es finster. Am Bahnsteig wurde sie von Vicky abgeholt.
Sie hieß eigentlich Victoria, aber schon damals nannten sie alle Vicky. Das passte auch gut zu ihr, denn sie war meistens lustig und fröhlich. Auch heute hatte sie noch, wie früher, einen Pony-Schnitt, unter dem lebhafte dunkle Augen in die Welt blickten, als ob sie sagen wollten: „Was machen wir denn jetzt mal Lustiges?" Vicky war geschieden und arbeitete als Sekretärin in einer kleineren Firma in Seelze bei Hannover. Aber ihre schöne 3-Zimmer-

Wohnung hatte sie in Hannover. „Sonst versauert man ja ganz auf dem Lande“, war ihr Kommentar dazu. Anscheinend verdiente sie ganz gut, denn sie hatte ein kleines, hübsches Auto, schöne Möbel, gute Kleidung und musste offenkundig nicht gerade am Hungertuch nagen.

„Hör mal, Hanni, ich habe ein paar Tage Urlaub, genau genommen sind es Überstunden, die ich abfeiern kann. Wollen wir ein bisschen wegfahren? Nur in Hannover gibt's ja auch nicht so viel Neues, oder?“

„Gerne, aber einen Tag lang möchte ich alleine mal wieder hier alle die Stellen aufsuchen, an denen ich früher war. Also sagen wir so: Morgen mache ich meine Besuche alleine und übermorgen fahren wir wohin du vorschlägst, okay?“ Und damit war das Programm festgelegt.

Am Tag darauf besuchte Hanni die Messehallen und die Gaststätten, in denen sie damals mit Klaus war. Das kleine Hotel, in dem sie damals beide ihrer spontanen Zuneigung freien Lauf gelassen hatten, gab es auch noch. Aber heute kam es ihr ziemlich schmuddelig und vergammelt vor. Entweder war es damals besser in Ordnung oder ihre Verliebtheit hatte dafür gesorgt, dass es ihr nicht besonders aufgefallen war. – An diesem Tage heute konnte sie sich in aller Ruhe ihre heutige Haltung zu Klaus durch den Kopf gehen lassen. Eines war ihr schon klar: Klaus war für sie immer noch ein Mensch, der sie interessierte. Aber es war ihr ebenso klar, dass sie nichts unternehmen würde, seine Ehe zu gefährden.

„Anlächeln kann ich ihn ja, aber angebaggert wird nicht und auch keine Fallstricke gelegt!“, war ihr Credo.
Am nächsten Tag fuhren Vicky und Hanni nach dem Frühstück los. Hanni war in Gedanken noch ganz bei dem schönen deutschen Frühstück aus Brötchen, Butter, Marmelade, Honig, Ei, Banane und zwei Tassen Kaffee, als sich Vicky als freundliche Fremdenführerin entpuppte. „Also Hannover hat etwas über eine halbe Million Einwohner und ist die zwölftgrößte Stadt in der Bundesrepublik.
Jedenfalls war das 2000 so. Ich denke nicht, dass sich in zwei Jahren daran viel geändert hat. Und außerdem ist es auch noch die Landeshauptstadt von Niedersachsen mit der Landesregierung und jeder Menge Ministerien. Aber ich glaube, das war damals auch schon so, oder?“ –
Vicky fuhr an der Marktkirche vorbei, dann am Zoo nach Norden. Dann fuhr sie weiter links in Richtung Silbersee, wo sie zuerst parken wollte. Dann aber meinte sie: „Ach was, wir fahren mal zum Wietzesee, da warst du bestimmt noch nicht!“ Und damit hatte sie Recht. Dort parkten sie das Auto und liefen einen Trampelpfad abseits der Zivilisation. Jeder hatte nun alle Zeit der Welt, seine Lebensgeschichte der letzten Jahre zu erzählen. Immer mehr fielen Hanni dabei die Unterschiede des Alltags in Deutschland gegenüber Amerika auf. Sie merkte sehr wohl, dass sie davon in den letzten Jahren vieles vermisst hatte. Zwangsläufig kamen ihr dann eben auch wieder solche Gedanken, ob sie vielleicht

doch nach Deutschland zurückkehren sollte, oder wollte?
Ihr fiel ein, was ihr Mann einmal zu ihr gesagt hatte, dass fast alle Menschen, die mehrere Jahre in zwei oder gar noch mehr Ländern gelebt haben, immer in dem Land, in dem sie gerade leben, die Vorteile des anderen Landes, in dem sie nun gerade nicht leben, ein bisschen überbewerten und danach vermehrt Sehnsucht haben.
„Weißt du, was wir heute machen?“, begrüßte Vicky ihren Gast am nächsten Morgen. – „Wir fahren zum Steinhuder Meer! Das wird dir bestimmt noch besser gefallen als der See, den wir gestern besucht haben. Festung Wilhelmstein, das Moor und der schöne Strand!“ – Sie hatte Recht. Und Petrus zeigte sich auch von der freundlichen Seite.
Die Zeit verging wie im Fluge. Hanni war wieder eine richtige Deutsche und das machte ihr großen Spaß. Vermutlich reifte in diesen Tagen in ihr der feste Entschluss, wieder nach Deutschland zurückzukehren.
Nach fünf Tagen war der Hannover-Ausflug zu Ende, weil Vicky wieder arbeiten musste. Hanni bedankte sich vielmals, lud Vicky zu sich nach Amerika ein, solange sie noch dort wohnte, und ließ sich von Vicky nur noch zum Bahnhof bringen, um abzufahren.

x x x

Was Vicky nicht wusste, war ein echtes, kleines Abenteuer, das Hanni sich nun vorgenommen hatte. Als sie am letzten Tag Brötchen geholt hatte, war sie spontan in das kleine Reisebüro gegangen, an dem man auf dem Weg zum Bäcker vorbeikam, und hatte ruckeldizuck eine Woche *„last minute“* im Bayerischen Wald gebucht. Sie war selbst überrascht, dass das so schnell ging, dass Vicky die zusätzlichen Minuten beim Brötchenholen anscheinend nicht aufgefallen waren.
Eine Woche Bodenmais war dann der letzte Stoß, dass die Rückkehr nach Deutschland festes Programm wurde. Aber das wollte sie erst richtig in Amerika angehen.

x x x

Teil 4: Hannis Abschied von Kalifornien

2002 hatte Hanni Klaus Fendrich wieder gesehen. Zu diesem Zeitpunkt fiel ihre Entscheidung, doch wieder nach Deutschland zurückzukehren. Sie hatte gehofft, dass dies um Anfang 2003 herum möglich sein könnte. Aber das war ein Irrtum. Es gab einfach zu viele Dinge, die sie nicht bedacht hatte, die aber doch alle geregelt werden mussten. Und es gab noch einen völlig unvorhergesehenen Schicksalsschlag, mit dem normalerweise kein Mensch rechnet. Jetzt endlich, am 1. Mai 2004 saß sie in L.A. im Abflugwarteraum im Flughafen und wartete auf den Aufruf ihrer Maschine nach Frankfurt.
Schemenhaft glitten die letzten zwei Jahre noch einmal an ihr vorüber.

Sie hatte gemeint, dass sie in aller Ruhe ihre Übersiedlung zurück nach Deutschland vorbereiten und durchführen könnte. Aber sie hatte sich gewaltig geirrt.
Da war zunächst die Frage zu klären, wohin sie eigentlich ziehen wollte.
Welche Stadt? Was für eine Wohnung? Wie dicht an Klaus heran?
Diese Frage hatte sie recht salomonisch für sich geklärt. Klaus wohnt in Mainz, sie hatte sich für Wiesbaden entschieden. Die Wohnungsfrage hatte sie mit einer schönen, großzügigen Zweizimmerwohnung in Miete entschieden.

Aber die Auswahl war schon schwieriger, denn das konnte sie natürlich gar nicht allein durchführen. Da war sie auf die intensive Mithilfe ihrer Tochter angewiesen. Nur sie konnte die Anzeigen in der Zeitung lesen, die sie sich extra von Brüssel aus abonniert hatte. An jedem Wochenende war nun Rosi damit beschäftigt, die Wohnungsangebote in Wiesbaden zu studieren und eventuell interessante Anzeigen mit dem Stift einzurahmen. Dann schaute sie auf dem Stadtplan von Wiesbaden, den sie natürlich auch erst besorgen musste, nach, wo das etwa lag. Bei ihren Anrufen bei den angegebenen Stellen verbrauchte sie Zeit und Geld und war nicht besonders glücklich, dass immer irgendwelche Würmer bei den Angeboten erkennbar waren.
Nachdem sie auch dreimal extra mit John zusammen nach Deutschland gefahren war, um sich Wohnungen anzusehen, war ihr Elan, in dieser Angelegenheit ihrer Mutter zu helfen, allmählich gegen Null gesunken, weil letzten Endes all ihr Einsatz nicht zu einer sie und ihre Mutter befriedigenden Lösung geführt hatte. Sie hatte gehört, dass es kleine Agenturen gäbe, die sich speziell mit der Umsiedlung von Amerika nach Deutschland und umgekehrt befassen würden. Mit Mamas Zustimmung hatte sie dann eine solche Agentur, eigentlich ein kleines, erfolgreiches Einmann-Unternehmen, gefunden, das dann tatsächlich relativ schnell eine passende Wohnung für ihre Mutter ausfindig gemacht hatte. Es war ein Neubau am Stadtrand, der im Januar 2004 schlüsselfertig übergeben werden konnte. Das Schöne an dieser

kleinen Agentur war, dass sie auch für wenig Geld alle möglichen Anmeldungen und Behördengänge mit erledigen würden.
Hanni war jedenfalls froh, dass dieser Punkt geklärt war. Sie hatte zwar nur ein paar Fotos und einen Grundriss erhalten, war aber ganz optimistisch, dass das die richtige Lösung für ihre nahe Zukunft und vielleicht sogar auch für ihr Alter war. Sie konnte sich nun ganz auf ihren Ausstieg aus Amerika konzentrieren.
Es war zwar nicht gerade lebensnotwendig, aber es war ihr klar, dass sie sich von allen Freunden und Bekannten verabschieden musste. Und da das eine ganze Menge waren - ihre Telefonnummernliste enthielt etwa 200 Anschlüsse! -, hatte sie laufend jemanden anzurufen.
Ja, und ihr Haus musste ja auch noch verkauft werden. Wenngleich die Amerikaner mit solchen Dingen viel leichter umgehen als die Deutschen, dauerte es doch eine ganze Weile, bis sie über einen Makler erste Interessenten durchs Haus führen konnte. Ihr Mann und sie hatten zwar in den letzten Jahren nicht mehr viel an Haus und Garten renoviert, aber ein schönes Anwesen war es schon. So etwas will man natürlich auch nicht zum Schleuderpreis weggeben. Was in den Staaten auch leichter zu sein schien, war die Tatsache, dass mehrere Interessenten sich auch für das Inventar mit interessierten. Das ist natürlich immer schön, wenn man nicht alles ausräumen muss. Sie konnte ja sowieso nicht alles mitnehmen, weil ihre neue Wohnung viel kleiner sein würde.

Wochen und Monate vergingen mit Abmeldungen bei staatlichen Stellen, bei der Krankenkasse, bei Zeitschriftenabonnements, beim Strom und weiß der Kuckuck wo noch überall.
Der Verkaufsvertrag war erstellt, die Verkaufssumme und der Käufer standen fest und alles war in einem Vorvertrag fixiert. Die Übergabe und Bezahlung sollten am 31. März erfolgen. Sie durfte noch bis zum endgültigen Verlassen im Gartenhäuschen wohnen.
Ein paar Tage zuvor sitzt Hanni bei ihrem Arzt für einen letzten Gesundheits-Check vor ihrer großen Reise. Da hört sie die Feuerwehr draußen mit mehreren Fahrzeugen die Straße entlangbrausen. Irgendwie kam ihr die blöde Idee: Es wird doch nicht dein Haus brennen?
Es war der *worst case*, der schlimmste Fall, denn es war ihr Haus, das brannte.
Als sie es sah, wie die Feuerwehren aus drei Rohren Wasser aufs Dach und durch die Fenster spritzen, glaubte sie einen Moment, dass sie ohnmächtig umfallen würde. Aber sie konnte sich halten, war aber nahe daran, dass sie sich übergeben musste. Das hätte nun wirklich nicht passieren dürfen.
Die Feuerwehr wurde dem Feuer Herr, aber Haus und Inventar waren in kurzer Zeit mindestens um die Hälfte vernichtet. Komischerweise war das weiter hinten liegende Gartenhäuschen unversehrt. Damit hatte sie wenigstens ein Dach über dem Kopf für die kommende Nacht.

Wie kam es zu diesem Brand? Gibt es womöglich noch Verletzte? Und wie geht es nun weiter? Was wird mit dem Verkauf? Kaufen die Nachfolger überhaupt noch das Haus? Zu welchem Preis? Tausend Fragen…!
Ihre Rückblende wurde durch den Aufruf ihres Fluges unterbrochen. Fast alle Passagiere standen auf und schickten sich an, zur Gangway-Brücke zu gehen.
Ihr Erinnerungsfilm lief schneller ab: Sie hatten sich ohne Juristen auf den halben Preis geeinigt und die Käufer übernahmen das angebrannte Haus.
Sie war um die Hälfte ärmer geworden, aber das Geld hatte sie wenigstens auf ihrer Bank. Die wollte sie übrigens vorläufig noch behalten, weil eben viele Dinge noch nicht ganz abgewickelt waren.
Ein anderes trauriges Kapitel war die Feuerversicherung, die nämlich nichts bezahlte. Nach langwierigen Untersuchungen und teuren Gutachten lastete sie ihr nämlich grob fahrlässige Fehler an. Um hohe juristische Kosten ohne sichere Erfolgsgarantie zu sparen, unternahm sie zunächst nichts weiter in dieser Angelegenheit. Und auch später in Deutschland ließ sie dieses unerfreuliche, dunkle Kapitel zunächst lange ruhen, allein schon wegen ihres Seelenfriedens.

Wie gut, dass sie in Deutschland die neue Wohnung nur gemietet hatte und nicht gekauft. Sonst wäre sie nämlich fast pleite gewesen. So aber sollten die Bezüge ihres verstorbenen Mannes und ein kleiner Zu-

verdienst, den sie sich noch suchen musste, doch zum Lebensunterhalt reichen. Und der Erlös vom angebrannten Haus war ihre Sicherheit.
Nun war sie es, die täglich die Zeitung nach neuen Jobs durchsuchte.

x x x

Teil 5: Rosis und Johns Urlaub in der Camargue

Eine Hauptsprache in Rosis Dolmetscherstudium war Französisch. Also interessierte sie sich auch immer für alles, was mit Französisch oder Frankreich zu tun hatte. John war zwar eigentlich nicht der ausgesprochene Sprachfreak, wusste aber nur zu gut, dass zu einem perfekten Diplomaten-Auftreten immer gute Sprachkenntnisse gehören.

Und so kam es folgerichtig unter den beiden zu der Idee, doch einmal gemeinsam einen Urlaub in Frankreich zu machen. Der Vorschlag fand beider Zustimmung. Man war sich bald auch einig, wohin die Reise gehen sollte, nämlich in die Camargue. Davon hatten schon so viele Studienkameradinnen aus Rosis Dolmetscherschule geschwärmt.

Rosi und John stimmten einen gemeinsam möglichen Zeitbereich ab und ließen sich von einem Reisebüro in Brüssel ein paar Übernachtungen in beliebten Touristenorten buchen. Die Fahrt und die einzelnen Ausflüge wollten sie selbst gestalten. Schließlich ging es ja auch um den Kontakt mit Alltags-Französisch.

Sie fuhren einen Tag eher los, um noch in Nîmes zu übernachten. Die Zeit reichte für einen wunderschönen Altstadt-Rundgang: Die *Arènes de Nîmes*, das *Maison Carrée* und die *Esplanade Charles de Gaulle*.

Am nächsten Tag sahen sie die wilden Stiere und die Wildpferde der Provence. Sie hatten zwei Tage für *Aigues-Mortes* vorgesehen. Und als sie die mächtige, alte Stadtmauer passiert hatten und gerade in der Altstadt durch die hübschen, malerischen Geschäfte bummelten, passierte etwas, womit beide nicht gerechnet hatten. Rosi traute ihren Augen nicht, denn vor ihr stand plötzlich wie eine Fata Morgana, ihr Franz-Dozent Pierre Plumot. Rosi schoss gerade „Ausgerechnet der Fatzke!" durch den Kopf, als der schon unüberhörbar „*Allo*, Rosi!" tönte und ihr mit beiden ausgestreckten Händen entgegenlief. Gerade wollte er Rosi umarmen, als auffällig beherzt John dazwischen trat.

Für die nächsten Minuten hatte nun jeder sein neues Problem:

Plumot: Wie ernst ist die Beziehung zu diesem John? Lohnt es sich da weiter zu baggern?

Rosi: Wie werde ich den auf elegante Art und Weise wieder los, ohne meine Beurteilung in Französisch zu verderben?

Und John: Also das ist der *boy*, der Rosi in *French* nachstellt; *goddam*, wie werden wir den wieder los?

Aber nichtsdestotrotz plätscherte der *small talk* fröhlich und höflich vor sich hin, denn schließlich handelte es sich um drei gebildete Menschen. Aber anstrengend ist das schon. Keiner wollte der Böse sein. Der eine war Lehrer, der andere wollte Diplomat werden und sie wollte eine gute Franz-Note. So hart kann das Leben sein!

Sie schlenderten weiter durch die innere Altstadt und jeder versuchte so vorsichtig wie möglich den anderen abzutasten, was er wohl vorhat.

Rosi konnte aber einfach nicht herausbringen, ob das Zusammentreffen eigentlich tatsächlich nur ein Zufall war. Oder ob der Plumot nicht doch planmäßig hier auftauchte. Irgendwoher konnte er ja erfahren haben, dass sie in die Camargue fahren wollte.
Es gelang dem jungen Paar nicht, Plumot auf harmlose Art abzuschütteln. Sie mussten noch mit ihm zusammen Abendbrot essen. Klar, dass er dabei seine Muttersprachenkenntnisse voll zur Geltung brachte und versuchte John an die Wand zu spielen.
Aber auch dieser Abend endete einmal und man verabschiedete sich vorm Hotel. Plumot wollte wissen, wo und wann man sich morgen treffen wolle.
Da machte aber John dem verdammten Spiel ein Ende, indem er klipp und klar sagte, dass ein Treffen leider morgen nicht möglich sei, weil sie etwas zu zweit vorhätten. *Sorry!* Und damit war dann auch die Sache beendet, wenigstens für diesen Urlaub!
Der nächste Tag verlief wieder bedeutend ruhiger. Sie sahen sich die Meeressalz-Gewinnung und die Flamingos an, machten einen Besuch in der Marien-Kirche in Saintes-Maries-de-la-Mer, und freuten sich ihres Lebens mit viel Französisch und Liebe, aber ohne Plumot.
Der kleine Urlaub führte sie noch durch Avignon, in den Päpstepalast, wobei sie aber nicht auf die berühmte Brücke „*Sur le pont, d'Avignon…*“ durften. Die war für Touristen gesperrt. Dafür sahen sie aber später noch das größte römische Aquädukt, den *Pont du Gard* über den *Gardon*, ein imponierendes, 49 m hohes Bauwerk. Und zum Abschluss machten sie

beide noch einen Abstecher nach Arles, dessen noch vorhandene Holzbrücke Vincent Van Gogh gemalt hatte. Viele Menschen wissen gar nicht, wie schlecht es diesem Maler ging, denn er hatte in seinem Leben nur ein einziges Bild verkauft. Das muss man sich einmal vorstellen. Und heute kostet ein Bild von ihm Millionen.

Es war ihnen klar, dass sie hier unten in Frankreich noch viele Ausflugsziele gehabt hätten, aber vielleicht kommen sie ja mal wieder hierher. Dann kann man immer noch *Les Beaux, Fontaines de Vaucluse und Montpellier* ansehen.

Jetzt beschlossen sie einfach bei *Carrefour* in *Nîmes*, einem Großmarkt mit 45 Kassen, etwas Essbares einzukaufen und auf der Heimfahrt ein kleines Picknick zu machen.

So kamen sie um einige Erfahrungen bezüglich Camargue, Französisch und Plumot reicher wieder zurück nach Brüssel.

x x x

Teil 6: Klaus Fendrichs neue Zukunft

Klaus hatte es nach seinem ereignisreichen Jahr 2002 mit neuem Kind Rosi, Autounfall und Entlassung erst einmal alles schön langsam angehen lassen. Wie hatte mal früher ein Lehrer gesagt: Man muss sein Leben nach dem Zwiebelschalenmuster in Ordnung bringen und halten, d. h. immer schön von innen nach außen, Schale für Schale!
Der Mann hatte Recht. Komisch, dass einem mit fortschreitendem Alter solche Sprüche aus der Schulzeit plötzlich wieder einfallen.
Er hatte seine innersten „Schalen" wieder in die Reihe gebracht: Seine Gesundheit, seine Ehe, und das trotz des neuen Kindes. In gewissem Grade war er stolz und auch ein bisschen zufrieden, dass ihm das bis hierher doch alles ganz gut gelungen war.
In der letzten Zeit hatte er sich auch intensiver mit seiner direkten Umgebung befasst. Das Haus wurde renoviert, ein paar neue Möbel wurden gekauft und, was er früher nie für möglich gehalten hätte, im Sommer hat er sogar einige Gartenarbeiten erledigt.
Und dabei fiel ihm schon wieder so ein Satz eines früheren, wohlmeinenden Vorgesetzten ein: Ein Garten schützt vor Hochmut.
Auch diesen Satz konnte er nun sehr leiblich nachempfinden, denn auch die kleinste Gartenarbeit strengt an. Selbst bei kleinen Flächen kann man nicht in fünf Minuten das Gras mähen oder die Büsche schneiden. Klaus hatte gelernt, dass alle Arbeiten, wenn sie sachkundig ausgeführt werden sollen,

ihren Einsatz fordern und folgerichtig auch ihre Anerkennung erwarten dürfen. Mit einer zunehmenden Bewunderung stellte Klaus fest, dass sein Gärtner, den er wegen seiner Arbeitslosigkeit nicht abbestellt hatte, viele kleine Arbeiten mit großem Geschick, Kniffen und Tricks gut und fleißig erledigte. Kurzum, er lernte in seinen nicht mehr ganz jungen Jahren für sogenannte einfache Arbeiten trotzdem Hochachtung zu empfinden, wenn sie ordentlich ausgeführt waren.

x x x

Es war auch selbstverständlich, dass er jetzt mit Brigitte ein paar schöne Urlaube machen konnte, die vorher immer unmöglich waren. Er war zwar viel in der Welt herumgekommen, aber eben immer auf Dienstreisen. Und wie die ablaufen, wissen alle, die es auch erlebt haben: Taxi zur Bahn, Bahnfahrt zum Flughafen, Flug, Flughafen, Taxi zum Hotel, Schlafen, Taxi zum Kunden, Taxi ins Hotel und so fort. Ab und zu konnte man schon einmal ein paar Touristenplätze mit aufsuchen, aber bei zehn Besuchen in Paris hatte es z.B. nie dazu gereicht, einmal auf den Eiffelturm zu kommen. *C'est la vie!*
Insgesamt hatte er sich gesundheitlich doch wieder sehr gut stabilisiert. Er hatte auch den einen oder anderen Berufskollegen oder Kunden, den er gut kannte, „per Zufall, weil er gerade am Ort war", angerufen, getroffen und einmal über seine Situation gesprochen. Aber betteln oder offen anderen zu

Kreuze zu kriechen, das war nicht seine Sache. Innerlich hatte er sich auf folgenden Stand festgelegt: Entweder es ergibt sich eine berufliche, angemessene Arbeit irgendwo für ihn, dann steigt er da ein. Oder es klappt nix, dann wird er mit seiner Abfindung, Firmenpension und Versicherungen ein Leben ohne Hauptberuf, sondern nur mit Hobby-Bereich-Aktivitäten, auch noch ein schönes Leben führen.
Also ließ er alles in Ruhe ohne Hektik aufmerksam laufen.
Der Tag kam im Jahre 2004, an dem ein hochinteressanter Anruf eines gewissen Dr. Schneider ihn doch in eine angenehme Erregung versetzte.
Der Anrufer Schneider war Vorstandsmitglied des Pharmprod-Konzerns, den er natürlich als früheren, weltweit agierenden Konkurrenten recht gut kannte.
D. h. den Konzern kannte er, aber nicht den Herrn Schneider. Dieser Konzern hatte große Niederlassungen außer in Deutschland auch in Basel, Paris, Brasilien und Japan. Schneider saß in Paris und rief auch von da aus an.
Klaus hatte ihn gleich bei Beginn des Gesprächs gefragt, wie er denn überhaupt auf ihn gekommen sei. Nun, das war so: Pharmprod hatte 2002 die Pharmasparte, die er einmal geleitet hatte, übernommen. Das passierte genau in der Zeit, als er im Krankenhaus lag. Die ganze Geschichte wurde absichtlich aus Gründen der Geheimhaltung und zu seiner Schonung an ihm vorbei abgewickelt. Nun hatte Pharmprod eine Reklamation bei einem Rohstofflie-

feranten. Es handelte sich um einen Wirkstoff, also auch um viel Geld. Aus Gesprächen und Unterlagen wussten die neuen Leute, dass er ein hervorragender Fachkenner dieses Rohstoffs war, und dass er nicht mehr bei seinem alten Arbeitgeber angestellt war. So kam ein kluger Mann des Pharmprod-Vorstands, eben dieser Schneider, auf die Idee, dass die Klärung und Erledigung dieser Reklamation Klaus, quasi als fachkundiger, aber neutraler Sachverständiger vielleicht gut erledigen könnte.

Klaus jubilierte innerlich, blieb aber in gewohnter Weise äußerlich ganz beherrscht. „Schau, schau“, schmunzelte er vor sich hin, in dem er Namen, Datum, Telefonnummer usw. auf einen Zettel notierte. „Die haben ein kleines Problem! – Wie mir das alles bekannt vorkommt!“

Einen Tag Bedenkzeit hatte er sich erbeten, ob er diesen Job übernimmt, obwohl ihm sofort klar war, dass er das machen würde. Also rief er am nächsten Tag, nicht vormittags, nein, ganz ruhig nachmittags an, und er teilte mit, dass er dazu bereit sei.

Wenn er innerhalb einer Woche einen wirtschaftlich akzeptablen Kompromiss erreichen könne, würde man ihm 2 % des Rohstoffwertes als Honorar bezahlen, wird die Einigung innerhalb von 4 Wochen erzielt, nur noch 1 %.

Bei dem ansehnlichen Wert wäre das kein schlechtes Zubrot.

Nachdem er angenommen hatte, fixierte er als Erstes mit beiden Seiten getrennte Besprechungstermine vor Ort. Die Sachlage war erfreulicherweise ganz

klar: Der betreffende Rohstoff war ein rosafarbenes Pulver, das chargengerecht in Fibertrommeln im doppelten PE-Sack geliefert wurde. Die Analytik von Pharmprod hatte zwar Übereinstimmung mit der geforderten Spezifikation gefunden, aber man hatte Farbunterschiede der Einzelgebinde bemerkt, was den Verdacht nahe legte, dass es sich nicht um eine homogene Charge handeln könnte. Deshalb hatte die Qualitätskontrolle die gesamte Sendung gesperrt und im Moment wusste keiner so recht, wie man nun einen Weg aus der Klemme finden könne.
Am dritten Tag nach Übernahme seiner Vermittlungstätigkeit bat Klaus die beiden Parteien bei Pharmprod in Paris an einen Tisch. Er hatte wohlweislich sowohl die Vorstandmitglieder als auch die Fachbereichsleiter beider Seiten dazu gebeten.
Jetzt kam seine große Stunde.
„Meine sehr verehrten Damen und Herren, ich habe Sie zu diesem Gespräch in großer Runde gebeten, weil ich glaube, dass Sie alle hier einen mehr oder weniger großen Beitrag zur Lösung der vorliegenden, misslichen Situation zu leisten haben."
Satz für Satz wurden seine Worte von einem Dolmetscher ins Französische übersetzt.
„Zuerst wende ich mich an die Vertreter der Vorstände. Meine Herren, vermutlich kennen Sie Lessings Schauspiel „Nathan der Weise"? Das ist die Figur mit der berühmten Ring-Erzählung über die drei Söhne und nur einem echten Ring zum Vererben. Wenn Sie mir 5 Minuten Zeit geben, dann

knüpfe ich einmal an diesem wunderschönen Beispiel aus der schöngeistigen Literatur an.
Was wollte denn Lessing mit dieser Geschichte sagen? Er wollte jedem klar machen, dass es bei allen Problemen zunächst einmal wichtig ist, zu erkennen, was überhaupt das Wesentliche einer Angelegenheit ist. Das muss zu allererst geklärt werden. Alle anderen Dinge sind nachrangig.
Was ist bei unserer vorliegenden Reklamation wichtig?
Der Lieferant unter Ihnen will schnell wissen, kann er weiter produzieren oder muss er etwas ändern?
Der Käufer unter Ihnen will schnell wissen, kann er und wenn ja, wie kann er die vorliegende Lieferung schnell verwenden und kann er weiter beim gleichen Lieferanten kaufen?
Ich habe beide Fragen nicht zu beantworten, habe aber natürlich aus den geführten Gesprächen einen ganz klaren Trend herausgehört. Nach meinem Eindruck wollen und müssen Sie weiter zusammen arbeiten und sind beide an einer schnellen Lösung interessiert.
Ein zweiter Punkt, wirklich ein sekundärer ist, dass beiden Seiten kleine Fehler unterlaufen sind, einmal in den Bestelldaten, andererseits in der Produktion des Rohstoffs.
Nachdem die Spezifikation erfüllt wurde, bin ich sicher, dass ein technischer Weg zur Homogenisierung des Materials gefunden werden wird.
So, und nun bin ich für heute eigentlich schon fertig. Wenn Sie mir bis hierher zustimmen, dann schlage

ich Ihnen vor, dass gegenseitig keine Kosten verrechnet werden. Details der Chargen-Homogenisierung und neuer Analysen sollen die Fachbereichsleiter klären. Morgen Nachmittag könnten wir uns zur gleichen Stunde hier zur Abschlussbesprechung treffen. Ist das Ihnen allen so recht?"

Es war allen recht. Klaus blieb ganz ruhig, hier würde nun wirklich auch das schöne neudeutsche Wort „cool" passen. Innerlich jubilierte er. Das hatte alles wunderbar geklappt.

Am Tag darauf lief wieder alles, wie geplant. Die Fachbereichsleiter fanden einen technischen Weg. Vorstand, Qualitätssicherung, Techniker, Kaufleute, alle waren einverstanden. Die ausgemachten 2% flossen auf Klaus' Konto und jeder war zufrieden.

So zufrieden, dass schon 4 Wochen später wieder ein Anruf bei Klaus landete.

Im schönsten Schwyzerdütsch meldete sich dieses Mal ein „Kaller", was deutsch soviel heißt wie Herr Keller. „Hallo, Herr Fendrich!", schwyzerte es weiter. Klaus verstand seinen Namen fast nicht, weil der Mann das ch seines Namens nicht wie wir, sagen wir in „endlich", aussprach, sondern wie ch in „noch".

Kurzum, dieser Schweizer, Herr Keller, war der Vorstandvorsitzende der Pharmprod in Berlin. Er hatte von seinen Pariser Kollegen gehört, dass da ein gewisser Fendrich kürzlich eine Reklamation so schnell und preiswert gelöst hatte. Berlin hatte auch ein kleines Problem. Ob er da wohl auch einmal vorbeischauen könnte?

Klaus freute sich natürlich über seinen neuen guten Ruf und die neue Anfrage. Andererseits wollte er natürlich nun nicht in seinem Alter noch einmal zum Reiseonkel für verfahrene Verhandlungen werden. Oder vielleicht doch?
Warum eigentlich nicht?
Die grundsätzlichen Gedanken schob er erst einmal beiseite, sagte zu und schnupperte die Erfolg versprechende Berliner Luft. Er konnte sein neues Glück kaum fassen. Auch diese Geschichte ließ sich sehr flott lösen, trotz GMP, dem Qualitätsmanagementsystem *Good Manufacturing Practice,* und diffiziler kaufmännischer Probleme mit der Dollarwährung. Tja, wie heißt der schöne Satz: Glück hat nur der Fleißige. Und fleißig war er. Dazu brauchte man neuerdings nur seine Frau zu fragen. In den letzten Tagen sammelten sich nämlich lauter neue Bücher auf seinem häuslichen Arbeitsplatz an: Internationales Recht, Römpp's Chemielexikon, der Pschyrembel und, und, und.
Aber die tollste Nummer seiner neuen Tätigkeit fand im Herbst 2004 statt:
Der schon genannte Herr Schneider aus Paris bot ihm nämlich ab 2005 eine besonders ausgestattete Vorstandsstelle in Paris an, die sich hauptberuflich mit solchen kniffligen Grenzfragen bei Reklamationen und dem Qualitätsmanagement befassen sollte. Er zögerte eine Weile und erkundigte sich, ob er denn auch Fachspezialisten in seinem Umfeld hätte, die sich mit Pharmazie und Qualitätssicherung auskennen würden, schließlich käme er ja von der

kaufmännischen Seite. Was man ihm sagte, war beruhigend: Es würden ein promovierter Pharmazeut und ein QM-Spezialist unter ihm im Team sein. Also sagte er zu.
Und so kam es, dass die Familie Fendrich nun eine neue Herausforderung zu bestehen hatte: Umzug nach Paris? Oder in die Nähe von Paris?
Aber die Tagesparole hieß Gott sei Dank: „Keine Hektik!“ Schließlich musste Klaus ja die neue Stelle erst einmal ausprobieren.
Es waren allerdings nicht nur einfach Fragen zum Umzug, ob „ja oder nein“ oder „welche Wohnung“, zu bedenken. Es musste auch geklärt werden, wie es mit den beiden Kindern Sven und Markus weitergeht.
Und Hanni war gerade nach Deutschland zurückgekommen und Klaus haut ab nach Frankreich. Und Rosi und John, läuft da eigentlich alles klar?

x x x

Teil 7: Rosis Examen

Rosi und John waren gut aus ihrem ersten gemeinsamen Urlaub in der Camargue zurückgekehrt. Sie hatten die nächsten Tage alle Hände voll zu tun. Jeder musste sich Unterlagen für den weiteren Verlauf seiner Ausbildung besorgen, man musste sich in manche Listen eintragen, Literatur musste beschafft werden, der Kühlschrank war fast leer, Passverlängerung bei John, Klärung, wann das Dolmetscherexamen möglich wird bei Rosi. Kurzum, beide hatten nur wenig freie, gemeinsame Zeit.
Und bei Rosi machte der blöde Plumot im Franz-Unterricht immer wieder Anbaggerversuche. Entweder hoffte er auf Trennung von John oder hatte er eine so lose Auffassung von der Treue zweier Menschen, dass er damit rechnete, dass Rosi mit zwei Verehrern einig werden könnte.
Nein, vielleicht war es sogar noch schlimmer, dass er ein so übersteigertes Selbstbewusstsein haben könnte, dass ihm einfach jede Frau nachlaufen müsse und er einfach alle haben könne? – Egal, was der Knaller denkt, für Rosi gab es nur ein bedeutend kleineres Problem: Sie musste einen Mittelweg zwischen Freundlichkeit zu ihrem Lehrer und Abstand vom Privatmann Plumot einhalten.
Eine echte Freundschaft oder gar Liebe kam mit diesem Fatzke für sie nicht in Frage.
Bei John standen ganz andere Dinge in der Berufslaufbahn an. Man hatte die Empfehlung ausgesprochen, dass junge Diplomatenanwärter in den Ausbil-

dungsferien Urlaubsjobs in verschiedenen ausländischen Botschaften annehmen sollten. So sehr er sich dafür interessierte, und seine Eltern fanden das auch sehr gut, hatte er nun doch durch seine immer intensivere Bindung an Rosi Kopfweh, wie er das wohl unter einen Hut bringen könnte. Denn eines war sonnenklar, Rosi wird nicht immer zur gleichen Zeit mit ihm zusammen in weit entfernte Länder mitkommen können. Ein zweiter Gedanke war, dass solche Aufenthalte ja auch nicht ohne Kosten ablaufen.

Irgendwann nachmittags an einem Wochenende saßen beide am Kaffeetisch und fanden seit langem wieder einmal Zeit, über langfristige Planungen zu sprechen. John ergriff die Gelegenheit und fing lieb, aber kleinlaut an, über diese Empfehlung der Botschaftsaufenthalte zu erzählen. Rosi hatte ruhig, aufmerksam und, man kann schon sagen, gefasst zugehört. Nach einer kleinen Denkpause wandte sie sich an ihren lieb gewonnenen Freund: „Mein lieber John, für mich läuft die Entscheidungsfindung solcher Fragen eigentlich ganz einfach ab. Erste Frage: Lieben wir uns sehr? Meine Antwort: ‚Ja'. Dann finden wir für alles eine akzeptable Lösung. Und die könnte so aussehen: Mal kann ich mitkommen und mal nicht. Aber an unserer Liebe zweifle ich nicht. Punkt. Und wie siehst du das?" – John gab Rosi einen ganz lieben Kuss und drückte sie mit überströmendem Herzen. Er ärgerte sich, dass er nicht eine ähnliche Lösung erdacht hatte. „Rosi ist einfach

ein toller Mensch und ich liebe sie über alles", waren seine ersten Gedanken.
Rosi räusperte sich und fing nun ihrerseits an, das Gespräch in die Hand zu nehmen. „Ich habe auch eine wichtige Frage, die wir gemeinsam klären müssen, und eine wichtige Mitteilung für dich." – „Oh, das klingt ja richtig wichtig und schon fast amtlich. Ich bin gespannt, was jetzt kommt", meinte John sichtlich erstaunt. „Meine Frage ist einfach, aber es hängt viel daran. Wollen wir heiraten?" – John verschlug es doch im ersten Moment die Sprache. Eben war er noch der erfolgreiche, freche *Boy* und Junge in großer Freiheit, und jetzt kommt da eine Frage, die sicherlich sein ganzes Leben in bestimmte Bahnen bringen wird, die er noch gar nicht so richtig durchdacht hatte. Uijujui! „*Pay attention, please!*", rief seine innere Stimme. Jetzt war es an ihm, eine Denkpause einzulegen. Aber schlagartig wurde ihm auch klar, dass jede weitere Sekunde Schweigen Rosi zur Annahme verleiten musste, dass er sie nicht richtig lieben würde. Also fing er sich und traf Gott sei Dank auch den richtigen Ton: „Jetzt ist es an mir, meine liebe Rosi, dir nicht nur zu sagen, dass ich dich sehr liebe, sondern auch, dass ich mich riesig freue, wenn wir heiraten würden. Auch Punkt!"
Rosi strahlte und umarmte ihn nun. Und sie flüsterte ihm ins Ohr: „Ich hab' dich so lieb!" – „Aber", fuhr sie mit sachlichem Tonfall fort, „ich habe noch eine Mitteilung für dich. Ich habe mich einmal erkundigt, wann man als Dolmetscher eigentlich sein Examen machen kann. Und zu meiner Überraschung erfuhr

ich, dass man auf Antrag auch vorzeitig sein Examen machen kann, wenn die Dozenten einem solchen Antrag zustimmen. Und das tun sie natürlich nur, wenn man gut genug ist, das Examen bestehen zu können. Ich habe also meine Hauptfach-Lehrer gefragt, auch den blöden Plumot, und sie haben ‚ja' gesagt. Was sagst du nun? Ich könnte also in diesem Herbst mein Staatsexamen als Dolmetscherin in Englisch und Französisch machen. Natürlich muss ich noch zum Endspurt gewaltig ‚bimsen'. Kennst du das Wort?" „*No,* aber ich kann es mir denken. Mensch Rosi, du bist wirklich ein Ass."

x x x

Während John seine ersten Botschaftsferien machte, hatte Rosi genug Zeit, sich auf ihre Einzelexamina vorzubereiten. Englisch lief natürlich wunderbar. Immerhin hatte sie ja fast jeden Tag Alltags-Englisch mit John in der Wohnung. Französisch war schon eher eine Fleißleistung. Es hätte ja nicht ausgereicht, hunderte Vokabeln zu lernen und flüssig sprechen zu können, - nein, man musste auch ein bestimmtes Maß an Landesliteratur kennen. Und das kostete viel Zeit. Man kann das nur verstehen, wenn man sich einmal umgekehrt jemand vorstellt, der Deutsch lernt und spricht. Wenn der von Goethe noch niemals etwas gehört hätte, würde man auch an seinem Wissen zweifeln. – Rosi hatte ziemliches Muffensausen vor Französisch, weil der mündliche Prüfer natürlich der blöde Plumot war.

Wegen ihm war ihr Nervenkostüm ziemlich angeschlagen. Dazu kam noch, dass sie mit John für den 31. Oktober den Hochzeitstag festgelegt hatte. Sie hatte einfach Angst, dass der Plumot ihr Examen kaputt machen könnte. Dann würde womöglich die Wiederholungsprüfung, die übrigens nicht der Plumot machen dürfte, bedenklich nah mit ihrem Hochzeitstag zusammenfallen.
Aber weder Rosi noch John hatten sich den sog. *worst case,* den schlimmsten Fall, noch gar nicht richtig ausgemalt. Sie waren einfach noch sehr jung und oft zu optimistisch. Dieser Fall trat nun tatsächlich ein, aber mit einer Überraschung, mit der wohl beide noch nicht gerechnet hatten: Rosi wurde schwanger. Natürlich freuten sich beide über die Schwangerschaft. Medizinisch war auch alles in Ordnung, aber die Angst, nun nicht mehr mit allem fertig zu werden, lag zum Greifen nahe vor Rosi. John machte sich wirklich große Sorgen, ob das alles gut geht, was sie sich vorgenommen hatten. Und ob Rosi das alles ohne ernsthaften Schaden durchstehen würde, war die Frage, die er sich jeden Tag stellte.
All diese Neuigkeiten hatten sie den Fendrichs, Hanni und den Fairbanks natürlich mitgeteilt. Jedesmal mussten sie sich dann allerlei Kommentare dazu anhören, wie „Ach du liebe Zeit!“, „Na dann alles Gute!“, „Wenn das mal alles gut geht!“, „Aber natürlich wünschen wir Euch alles Gute!“ Das Beste war noch, wenn jemand sagte: „Egal wie‘s läuft, wir helfen euch für ein gutes Ende“.

x x x

Der Brüsseler Frauenarzt war mit Rosis Schwangerschaft sehr zufrieden. Beim letzten Besuch gab er ihr ein Ultraschallfoto vom Nachwuchs mit. „Wollen Sie wissen, ob es ein Junge oder ein Mädchen wird?“, hatte er gefragt. Aber sie erklärte ihm, dass es für sie viel wichtiger wäre, dass das Kind gesund sei und dass ihr ein Mädchen oder ein Junge gleich lieb sein würden. Also war ihre Antwort: „Nein!“ Bei der heutigen Technik hätte er mühelos eine Aufnahme machen können, die diese Frage schnell geklärt hätte. Aber selbstverständlich respektierte er den Wunsch seiner Patientin.
„Hallo, John, willst du mal das erste Foto deines Nachwuchses, unseres gemeinsamen Kindes, sehen?“, begrüßte sie abends den Mann ihrer Liebe.
„Yes, my lady!“, war seine freudige Antwort. Und er studierte voller Stolz das recht gut erkennbare Gesicht seines Sohnes. Er war nämlich überzeugt, dass das *„a boy“* sein wird.
Die letzten Wochen wurden erwartungsgemäß hektisch: Geburt, Examen, Heirat. Alles fiel in den Zeitraum von zwei Monaten. So etwas machen nur junge Leute. Mit fortschreitendem Alter würde man da irgendwelche Teile verschieben. Aber den beiden waren alle drei Dinge sehr wichtig.
Plumot hatte glücklicherweise sein Bagger-Interesse mit fortschreitender Schwangerschaft an Rosi aufgegeben. Abgesehen von beginnenden Wehen, die Rosi zu mancher unvorhergesehenen Pause zwangen, verliefen tatsächlich alle drei Termine den Umständen entsprechend glatt. Im Klartext hieß das:

Rosi bestand ihr vorgezogenes Dolmetscher-Examen mit 1,5 und war natürlich sehr zufrieden. Die Hochzeit war auch noch kurz vor der Geburt ohne Probleme möglich. Selbstverständlich hatten beide in Anbetracht der Situation keinen großen Rahmen gewählt und festgelegt. Aber immerhin waren beider Eltern gekommen und konnten sich bei dieser Gelegenheit ein wenig genauer beschnuppern.
Na und die Geburt verlief auch glatt, wenn auch deutlich später als beide nach den kräftigen Wehen erwartet hatten. Aber das Krankenhausteam beruhigte sie immer wieder mit dem Hinweis, dass die meisten Paare beim ersten Kind viel zu früh kämen, um ja alles richtig zu machen. Tom Fairbank kam jedenfalls gesund und recht munter 2005 als Sohn von John und Rosi Fairbank, geb. Redding, in Brüssel zur Welt.
Nun hatten alle Beteiligten, vor allem die Familie Fairbank junior erst einmal monatelang zu tun, ihr neues Familienglück für den Alltag zu organisieren.

x x x

Teil 8: Klaus‘ neuer Job

Die Alltagshektik fing endlich an, sich wieder in normalen Alltagsablauf zu wandeln. Klaus und Familie waren nach einem Vorort von Paris umgezogen, wobei die beiden Kinder Sven und Markus aber als ersten Wohnsitz Mainz beibehalten hatten. Schließlich waren sie 18 Jahre und wollten, wenn es denn klappt, in einem Jahr nach dem Abi, in Mainz Medizin studieren. Französisch war auch nicht gerade ihre Lieblingssprache. Da sie Zwillinge waren, ist es nicht verwunderlich, dass ihre Interessen auch recht ähnlich waren. Die Familie hatte sich so geeinigt, dass man das Haus der Familie in Mainz verkaufte und die beiden Söhne eine kleinere 4-Zimmer-Wohnung in Mainz bekamen: Jeder ein Schlafzimmer, Küche und Wohnraum gemeinsam. Dabei war ein schönes Stück Hoffnung für die Entscheidung mit im Spiel, denn erstens unterstellten alle, dass beide das Abitur gut bestehen würden, zweitens, dass sie schnell einen Studienplatz für Medizin bekommen würden und drittens, dass sie nicht zum Wehrdienst gehen müssten. Aber wer nichts wagt, der gewinnt auch nichts.
Für Klaus war es letzten Endes nur gut, dass nicht alle vier Familienmitglieder sich gleichzeitig mit kleinen und großen Problemen auf den Wecker gingen. Er konnte sich so seinem neuen Ganztags-Job im Qualitätsmanagement widmen.
Trotz seines doch auch schon leicht fortgeschrittenen Alters lernte er jeden Tag immer wieder neue

Sachen dazu. Mal waren es sachliche Dinge, die mit den einzelnen Produkten, Rohstoffen oder Abläufen zusammenhingen, ein andermal waren es die vielen neuen Mitarbeiter und Vorstandskollegen. Dazu kamen natürlich auch diverse Einladungen und Gegeneinladungen zu verschiedenen Anlässen. Glücklicherweise halfen Klaus hier sehr seine mannigfaltigen Menschenkenntnisse, denn wie überall gab es Menschen, mit denen man gut auskommen konnte und leider auch andere, die nur mit Vorsicht zu genießen waren. Klaus hatte sich über Jahre eine recht erfolgreiche und trickreiche Kennenlern-Taktik erworben. Er ging dazu gern mit den Leuten, die er kennenlernen wollte, gemeinsam mittags in die Kantine und fragte sie einfach ein bisschen aus, wer mit wem gut kann und wer nicht. Erstaunlicherweise plauderten dabei immer ein paar Leute sonst schwer ermittelbare Bindungen oder auch Feindschaften aus, weil sie sich gebauchpinselt fühlten, dass der neue wichtige Mann sie nach so etwas fragt. Später ging er nicht mehr in die allgemeine Kantine. Da gab es ja noch die Vorstandskantine oder bestimmte Gaststätten in der näheren Umgebung, zumal sich oft Gelegenheiten zu Geschäftsessen boten.
Sprachlich konnte er sich vor allem englisch gut mit vielen Mitarbeitern oder Vorstandskollegen unterhalten. Wenige konnten auch deutsch. Sein Französisch war schwach, wurde aber zusehends immer besser. Nur bei komplizierten, französischen Formulierungen brauchte er sprachliche Hilfe.

Nach einem halben Jahr kannte er sich sowohl fachlich als auch personell einigermaßen gut in seinem neuen Arbeitskreis aus. Und er war eigentlich recht zufrieden mit seiner Arbeitsstelle.
Eines Tages meldete sich aber bei ihm ein älterer, promovierter Pharmazeut aus der Galenik, namens Kluger, den er bis jetzt kaum bemerkt hatte. Seine Redeweise war gepflegt, ruhig und bescheiden. Und er sprach deutsch. Er machte insgesamt auf Klaus einen sympathischen Eindruck. Schon nach seinen ersten Worten war es Klaus sehr schnell klar, dass dieses Gespräch kein Larifari wird, sondern etwas sehr Ernstes.
„Lieber Herr Kollege Klaus, ich wende mich jetzt mit einer Angelegenheit an Sie, die Sie bitte vertraulich behandeln möchten. Ich bin schon viele Jahre hier in der Firma und scheide in Kürze aus Altersgründen aus. Und ich möchte natürlich nicht in meinen letzten Arbeitstagen, meine Altersversorgung gefährden. Ich teile Ihnen auch vertraulich mit, dass ich zu feige war, diese Angelegenheit besser zu regeln. Vielleicht haben Sie mehr Mut und Durchsetzungskraft als ich und können diesen Missstand, den ich Ihnen jetzt gleich nenne, abstellen.“ – Klaus hatte interessiert und still zugehört. Er zog die Augenbrauen hoch und sagte nur kurz: „Bitte.“
Und nun schilderte Kluger ihm, dass es im Hause schon lange bekannt sei, dass eine bestimmte Gruppe von Arzneimitteln schlimme Nebenwirkungen bei Überdosierung hätte. Man habe seinerzeit beim Bekanntwerden die deutschen und französischen Bei-

packzettel mit entsprechenden Warnungen im Text geändert, aber nicht die englischen Beipackzettel für Afrika und Indien. Er sei seinerzeit von einem Vorstandsmitglied strikt angewiesen worden, davon die Finger zu lassen. Natürlich bringen Hochdosierungen der Firma mehr Geld ein, als niedrige Dosen. Aber er habe ständig ein schlechtes Gewissen, dass er sich gegen diese Anweisung nicht durchgesetzt habe. Schließlich sei diese Informationsunterlassung im Grenzfall eine vorsätzliche Körperverletzung.

„Sie können ja mal jemand fragen, warum die Beipackzettel in den einzelnen Ländern nicht vollständig identisch sind. Probieren Sie es doch einmal", und damit verschwand der kluge Monsieur Kluger wieder aus seinem Büro.

Das war ja ein dickes Ei. Er konnte das gar nicht glauben, dass eine seriöse Pharma-Firma so etwas machen sollte.

Vorsichtig versuchte er sich in den nächsten Tagen Klarheit darüber zu beschaffen, wobei er sich die Unterlagen tunlichst ohne Hilfe Dritter beschaffte. Er konnte es wirklich kaum glauben, dass bestimmte Beipackzettel diesen Hinweis nicht oder nur sehr verschleiert enthielten. Auf jeden Fall war es nicht der gleiche Text wie in Deutschland. Aber er hatte bald eine „Entwarnung" für das Problem in der Hand, denn die Beipackzettel waren inzwischen doch geändert worden. Immerhin blieb es für ihn mit einem fahlen Beigeschmack in Erinnerung, dass es vor kurzem diese Textdifferenz gegeben hatte.

Vierzehn Tage später wurde er Zeuge bzw. Mitbeteiligter an einer Diskussion bei einem anderen Arzneimittel, das auch wegen seiner Nebenwirkungen in die Presse gekommen war. Die Fachleute der mittleren Führungsschicht diskutierten dabei einigermaßen objektiv. Was ihm aber gar nicht gefiel, war die Haltung des Vorstandsvorsitzenden, der selbst studierter Pharmazeut war.
Immer wieder unterbrach er die Reden derer, die ihre Bedenken über die neuerdings festgestellten Nebenwirkungen vortrugen. „Das ist doch wissenschaftlich noch gar nicht bewiesen“ oder „nicht relevant“ oder „das ist keine Nebenwirkung im engeren Sinn, sondern eine Fehldosierung“, waren auffällig häufig seine Einwendungen.
Klaus verschaffte sich nach dem Gespräch die vorliegenden Unterlagen und ließ sie sich noch einmal von seinem kompetenten Mitarbeiter erläutern.
Daraufhin führte er ein Einzelgespräch mit dem Vorstandsvorsitzenden. Und das gefiel ihm auch nicht. Da wurde viel zu viel von Umsatz, Gewinn und Notwendigkeiten gesprochen, als es ihm im Sinne menschlicher und rechtlicher Verantwortung richtig erschien. Ihm kamen in den nächsten Tagen Bedenken, ob er hier den richtigen Job angenommen hatte.

x x x

Es kann ja alles Zufall sein, aber vielleicht war es auch keiner. Seine Frau erhielt in den nächsten Tagen insgesamt dreimal unanständige, anonyme Anrufe. Einmal ging es um Sexangebote, einmal um ein merkwürdiges Aktienangebot und einmal um eine Verleumdung von ihm. Sie konnte alle drei Telefonate abwimmeln mit dem deutschen Hinweis: „Ich kann Sie nicht verstehen. Ich bin Deutsche!"

Klaus grübelte und grübelte darüber nach. Jeder Anruf einzeln ergab keinen besonderen Sinn. Aber alle drei zusammen? Und der Zeitpunkt? Sollte hinter solch primitiven Bedrohungen wirklich ein Vorstandsmitglied stecken? Er konnte sich das nicht vorstellen.

Jedenfalls beschloss er, außer mit seiner Frau mit niemandem darüber zu sprechen und erst einmal abzuwarten, ob er da in direkter oder indirekter Form von jemandem aus seinem Bekanntenkreis angesprochen wird. Auch die Polizei wollte er natürlich da nicht drin haben.

All diese Unannehmlichkeiten führten dazu, dass er sich noch einmal seinen Arbeitsvertrag herausholte. Den las er nun in aller Ruhe noch einmal durch. Und ganz besonders genau las er die Passagen, die sich auf die Modalitäten einer Beendigung seines Vertrags bezogen. Er hatte zwar eine einjährige Probezeit, aber die war in wesentlichen Punkten bereits nach einem halben Jahr herum. Im Klartext hieß das, wenn er jetzt selbst kündigen würde, bekäme er bereits eine kleine Abfindung. Und wenn er sich's so recht überlegte, hatte er eigentlich weder große Lust, sich mit dem Vorstand um die grundsätzliche Behandlung von Nebenwirkungen zu streiten, noch

sich mit solchen unschönen Dingen das eigene Gewissen zu belasten. Er brauchte nur an den Contergan-Prozess zu denken. So etwas wollte er sich in seinem Alter nicht noch anhängen lassen. Er zwang sich im Stillen zu einem weiteren Tag Bedenkzeit. Aber dann stand sein Entschluss fest: Trotz abgeschlossenem Umzug, trotz gutem Gehalt, er wird kündigen.
Das tat er dann auch am nächsten Tag. Wohlweislich hatte er seinen Kündigungstext noch einem bekannten Juristen mit der Bitte um Durchsicht gemailt.
Ab sofort blieb er daheim und wartete auf eine Antwort oder Stellungnahme.
Die kam dann auch prompt nach zwei Tagen. Die kleine Abfindung wird man ihm überweisen, aber der eigentlich zugesicherte Pensionsanspruch wurde ihm wegen des unvollständigen Jahres nicht gewährt.
Okay, darauf konnte er gerne verzichten. Voilá, er war wieder frei!

Er atmete tief und erleichtert auf. „Was macht denn nun eigentlich Hanni?“
Endlich hatte er wieder mehr Zeit für alle Menschen, die er in der letzten Zeit ein bisschen vernachlässigt hatte.

x x x

Teil 9: Hannis Single-Leben

Hanni war 2004 nach Wiesbaden gekommen und hatte inzwischen eine hübsche, kleine Wohnung bezogen. Da sie doch ziemlich mit der Einrichtung beschäftigt war, blieb gar nicht so viel Zeit für Kontakte mit ihrer Tochter oder Klaus samt seiner Familie. Und da Klaus auch mit Kündigung, Umzug nach Paris und seinem neuen Job kaum Zeit gehabt hatte, spielte der normale Alltag für Hanni im Moment die dominierende Rolle.

Bis 2005 hatte sich noch die Verhandlung mit ihrer amerikanischen Feuerversicherung hingezogen. Letztendlich hatte man sich aber doch verglichen, und sie hatte nach Abzug des amerikanischen Anwaltshonorars doch noch 23.000 Euro übrig behalten. Das war zwar erfreulich, reichte aber allein natürlich nicht zum Leben aus.

Frühzeitig hatte sie sich deshalb bemüht, eine Arbeit zu finden, die sie ausführen konnte. Nach einigem Hin und Her konnte sie dann in der berühmten Mayo-Klinik in Wiesbaden eine Arbeitsstelle im Büro bekommen, bei der viele Arbeiten anfielen, die mit Amerikanern zu tun hatten. Und da kamen ihr nun ihre recht guten Amerikanisch-Kenntnisse zu Gute. Hätte das nicht geklappt, wäre sie auf das amerikanische Militärhospital ausgewichen. Auch die Stelle hätte ihr zugesagt.

Auf jeden Fall hatte sie nun schon seit Monaten einen Job, den sie gut ausfüllen konnte und damit waren mal Miete und normale Lebenskosten gesi-

chert. Überwiegend hatte sie mit jungen Ärzten zu tun, die Gutachten, Veröffentlichungen oder irgendwelche Stellungnahmen zu schreiben hatten.
Auf diesem Gebiet hatte sich auch viel gegenüber früher geändert. Früher diktierte der Arzt vieles direkt seiner Schreibkraft. Heute muss er das meiste selbst in seinen Computer schreiben, und die Schreibkräfte und Sekretärinnen nehmen mehr und mehr die Stellung einer Sachbearbeiterin ein. Sie müssen alle gute Computerkenntnisse haben oder sich schnell erarbeiten und werden vor allem für besondere Schriftstücke gebraucht, die noch nicht als Email oder einfache Dokumentation einer Krankendatei abgelegt werden. Auf diesem Wege lernen die heutigen Schreibkräfte natürlich noch viele andere Dinge und Menschen kennen, die sie früher nie zu Gesicht bekommen hätten.

So kam es, dass Hanni eines Tages auch einen sehr netten amerikanischen Facharzt in der Klinik kennenlernte, der so recht nach ihren Vorstellungen eines netten Mannes war: Groß, hübsche, graumelierte Haare, schlank und sehr sympathische Sprechweise. Er mochte auch so um die 50 Jahre herum alt sein, wie sie. Hanni fiel bei näherer Betrachtung dieses Mannes, weil er ihr so gut gefiel, schon sehr früh auf, dass er keinen Ehering trug. Aber das muss ja heutzutage nichts heißen.
Irgendwann ergab sich dann zwischen ihr und ihm die Gelegenheit zu einem kleinen Plausch, in der sie ihm erzählte, dass ihr Mann leider verstorben sei.

Sie hatte natürlich sehr darauf gehofft, dass er nun etwas von sich erzählen würde. Aber genau in diesem Moment klingelte sein hausinterner Notruf und weg war er.
Aber das Schicksal sagt nie nie, sondern lässt nur manchmal etwas auf sich warten. Und so kam es nach einigen Tagen wieder zu einem kleinen Gespräch, bei dem kein anderer zugegen war.
Dieses Mal fragte Hanni ihn direkt: „Haben Sie eigentlich hier in Deutschland Ihre Familie?“ – „Oh *no,* Frau Redding“, entgegnete er ohne Scheu und erzählte, dass seine Familie zwar aus Amerika stammte, jetzt aber in Toronto, also in Canada, lebe. Er sei zwar noch nicht geschieden, lebe aber getrennt von seiner Frau. Und seine beiden Söhne, 20 und 22 Jahre, seien auch mit nach Toronto gezogen. Er habe keine Probleme mehr mit seiner Frau, seitdem sie sich getrennt hätten. Es sei nur eine Frage der Zeit, bis sie sich einmal scheiden lassen würden. Bis jetzt wollte es noch keiner von beiden, vor allem wohl wegen der Kinder.
„Ah, wieder das Telefon! – Bis bald mal wieder!“ – Hanni war sichtlich zufrieden mit dem Gespräch. Nicht, dass sie sich nun gleich Hoffnung machen würde auf diesen Mann. Nein, - „aber trotzdem ist es schön zu wissen, dass er im Prinzip frei ist. Und wenn er sich mit mir gerne unterhält, dann bin ich ihm ja wohl auch nicht ganz gleichgültig, oder?“

x x x

Hanni hatte keinen Wochenenddienst und trödelte gerade bei Sonnenschein am Neroberg durch Wiesbadens schöne Gegend. Plötzlich blieb sie stehen: Richtig, da kommt der Brown. So hieß ihr sympathischer Gesprächspartner von neulich. Auch er stutzte. Man begrüßte sich freundlich und alle möglichen Gesprächsthemen sicherten beiden einen schönen Nachmittag, einschließlich gemeinsamen Abendessens in einer Gaststätte in der Nähe.
Als Hanni nach Hause kam, blinkte ihr Anrufbeantworter: „Hallo, liebe Hanni, wir haben ja schon lange nichts von einander gehört“, meldete sich da Klaus aus Paris. – Für einen Moment war Hanni richtig ein bisschen erschrocken, denn mit diesem Anruf hatte sie gerade gar nicht gerechnet. Sie war richtig froh, dass sie jetzt nicht sofort antworten musste. Sie hörte sich den Anruf zweimal an und fragte sich immer zwischendrin, was eigentlich ihr Innerstes dazu sagte. Zu wem fühlte sie sich im Moment eigentlich mehr hingezogen: Zu Klaus oder Brown? Sie wusste es nicht. – Angenehm erregt schlief sie aber abends doch irgendwann ein und tröstete sich mit dem Slogan: Lieber zwei Interessenten als keinen!
Am Sonntag rief Klaus wieder an und erreichte Hanni. Er erzählte ihr seine Neuigkeiten, dass er gekündigt hätte und dass er nun nicht so ganz glücklich hier in Frankreich sitze und ernsthaft überlege, ob er wieder zurück nach Deutschland kommen soll oder will. Jedenfalls brüte er zurzeit daran.

Hanni erzählte ihm nichts von ihrem freundlichen Facharzt Brown.

Sowohl Klaus als auch Hanni verfielen beide nach dem Telefonat in nachdenkliche Selbstbefragungen, wo sie nun eigentlich stünden.

Hanni fing am Sonntag an, ein neues Hobby zu probieren: Acrylmalerei, Motiv: Bäume vor ihrer Wohnung.
Klaus beschloss, sich erst einmal mehr um seine Frau Brigitte zu kümmern.

x x x

Teil 10: Brigitte wird krank

Klaus war schon seit längerem aufgefallen, dass Brigitte nicht mehr so lebhaft und souverän wie früher war. Er hatte diese Feststellung zunächst mit dem Gedanken beiseite geschoben, dass sie wegen des Umzuges nach Paris und dem nun auch mit dem schon leicht fortgeschrittenen Alter zusammenhängen könnte.

Neulich hatte er ihr von einem Geschäftsbesuch in Basel aus dem „Leckerli Hus“ eine kleine süße Aufmerksamkeit mitgebracht und war im Stillen ein bisschen enttäuscht, dass sie sich gar nicht so richtig darüber gefreut hatte. Irgendetwas bedrückte sie.

Oder war sie womöglich krank?

Er sprach mit ihr und sie kamen überein, dass Brigitte in den nächsten Tagen mal einen General-Check machen lassen sollte.

Das tat sie dann auch, was aber gar nicht so schnell erledigt war, denn der untersuchende Arzt beließ es nicht bei ein paar Blutwerten und einer körperlichen Untersuchung. Er wollte noch ein EKG, ein Belastungs-EKG und eine Thorax-Röntgen-Aufnahme machen. Nach einer Woche war alles fertig, und nach zwei Wochen hatte sie wieder einen Termin bei ihrem Arzt.

Sie kam ziemlich niedergeschmettert von dem Gespräch nach Hause.

„Und, was ist herausgekommen“, fragte Klaus.

„Nichts Gutes“, eröffnete sie ihm kleinlaut. „Auf der Thorax-Aufnahme sind zwei komische Schatten. Ich

soll noch einmal zwei weitere Bilder machen lassen und auch eine Kernspinaufnahme, um genauer sagen zu können, um was es sich dabei handelt."
Klaus verschlug es auch die Sprache. Mit so etwas hatten weder er noch sie gerechnet. Die nächsten Aufnahmen brachten weitgehende Gewissheit: Brigitte hatte zwei Tumoren in der Lunge.
„Aber du hast doch niemals geraucht, oder?", wollte Klaus wissen.
„In den letzten 20 Jahren habe ich nicht geraucht, aber als junges Mädchen habe ich ab und zu auch Zigaretten geraucht. Außerdem kriegen auch absolute Nichtraucher manchmal Krebs. - Aber das hilft uns jetzt alles nicht weiter. Wir müssen der Realität ins Auge sehen und das machen, was notwendig ist."
„Und was ist das, was wir machen müssen", wollte Klaus wissen.
„Das erfahre ich am Montag."

x x x

Der Montag war kein guter Tag: Nieselig, dunkel, kühl und mit schlechten Nachrichten. Brigitte hatte Lungenkrebs, der schlecht operierbar war und nur mit einer Chemotherapie und Bestrahlung behandelt werden konnte.
Mit einem Schlag sah die Welt der Fendrichs ganz anders aus.
Der ganze Tagesablauf wurde nun von Brigittes Krankheit diktiert. X Termine waren wahrzunehmen. Klaus hatte sich natürlich bereiterklärt, sie

überall hinzufahren, wo ihr geholfen werden konnte. Da mussten Ärzte und Krankenhäuser zu Konsultationen, Untersuchungen und Therapien aufgesucht werden. Dazu kamen diverse Medikamente und die Krankenkassen aus Frankreich und in Deutschland mussten auch integriert werden. Ein neues Bett und eine Haushaltshilfe sollten ihr das Leben leichter machen. Endlich konnte er sich wenigsten einmal über sein neues Navigationsgerät im Auto freuen. Das bekam jetzt jeden Tag etwas Neues zu tun. Aber die Sorgen bedrückten beide sehr.
Brigitte musste unterdessen alle Phasen der Krebskranken durchlaufen: Von der Panik zur Therapie, von der Niedergeschlagenheit zur Hoffnung bei kleinen Besserungen bis hin zur Hoffnungslosigkeit und Apathie, der wieder neue Hoffnung folgt. Es war ein Trauerspiel. Was war aus der lebhaften und intelligenten, selbstbewussten Brigitte geworden? Ein Häufchen Elend, das dringend jeden Strohhalm der Hoffnung ergriff, selbst, wenn gar keiner da war.
In der ersten Zeit hatten Brigitte und Klaus niemandem von ihrer Krankheit erzählt. Krank sein ist in unserer Gesellschaft immer noch ein Makel und Tabu. Sie wollte nicht bedauert werden, sondern lieber kämpfen, solange es geht.
Es ging relativ lange. Ein viertel Jahr erfuhr niemand von ihrer Krankheit. Aber dann kam der große Bruch in der Lebenskurve. Sie konnte sich nicht mehr verstellen. Man sah ihren Augenringen an, dass sie schwer krank war. Und sie und Klaus erfuhren, dass sie offenbar eine besonders schnell wach-

sende Krebsart hatte, die kaum auf die Therapie reagierte. Jedenfalls wurden die Tumoren nicht kleiner, sondern größer.
Ab diesem Zeitpunkt hielten sie Brigittes Krankheit nicht mehr geheim. Sven und Markus kamen mit ihren Frauen zu Besuch und weinten im Nebenzimmer bittere Tränen über das Leid, das sie nun hier sahen. Klaus saß meistens dabei, blieb aber fast immer ganz still. Was sollte er auch sagen? Helfen konnte er nicht, Mut machen kam ihm wie eine Lüge vor. So hielt er meistens ihre Hand und drückte sie von Zeit zu Zeit. Das schien ihr auch zu gefallen.
Die Ärzte machten Klaus keine Hoffnung mehr auf eine Heilung. Nach ihrer Meinung hatte Brigitte höchstens noch ein viertel Jahr zu leben.
Brigitte bat ein paar Tage später, dass Klaus ihr eine Bibel besorgen sollte, die ein Stichwort-Register hat. Sie wollte über bestimmte Stichworte gerne in der Bibel lesen. Er konnte solch eine Bibel in Paris auftreiben und übergab sie ihr, worauf sie viele Stellen in den nächsten Tagen aufschlug und las.
Ein anderes Mal erbat sie von ihm Papier und einen Kugelschreiber, mit dem sie ihr Testament schrieb.
Einen Satz wird Klaus nie in seinem Leben vergessen: „Ich möchte, dass mein Ehemann, solange er lebt, dafür sorgt, dass es nicht nur unseren Kindern Sven und Markus gut geht, sondern genauso gut auch seinem ersten Kind Rosi Redding." Als er diesen Satz las, schossen ihm unwillkürlich die Tränen wie verrückt in die Augen. Was für eine tolle Frau hatte er geheiratet: Sie wollte, auch angesichts des

Todes, dass es auch seinem ersten Kind von Hanni immer gut gehen solle.
Und dann kam da noch so ein Satz, den er wegen seiner Tränen beim ersten Lesen gar nicht zu Ende brachte:
„Ich möchte ferner, dass mein Ehemann nach meinem Tode wieder mit einer Frau glücklich werden soll.“ Natürlich hatte Brigitte dabei an Hanni gedacht. Er saß still neben ihr und konnte bloß weinen, sie drücken und küssen. Alle Worte, die ihm einfielen, kamen ihm unpassend vor.
Klaus hatte in ihren letzten Tagen noch eine Krankenschwester ins Haus genommen, die sie lieb betreute. Das Testament übergab er einem Notar, den er nach Hause gebeten hatte.
Etwa einen Monat nachdem sie ihr Testament geschrieben hatte, war Brigitte nachts still für immer eingeschlafen. Sie sah sehr friedlich dabei aus, man konnte ihren Gesichtsausdruck beinahe glücklich nennen. Die Ärzte hatten sie weitgehend schmerzfrei gestellt.

x x x

Teil 11: Klaus und Hanni sind alt

Brigitte war im Alter von nur 51 Jahren in Paris an Lungenkrebs gestorben und hatte Klaus im Alter von 54 Jahren zum Witwer gemacht. Das ist nun wirklich kein Alter, wo man sich hinter den Ofen setzt und den Tod abwartet.
Hanni hatte sich während der Krankheit Brigittes in Paris rar gemacht. Einmal hatte sie die Familie Fendrich besucht, aber nach Bekanntwerden der schweren Erkrankung erschien ihr ein Besuch bei Klaus als deplatziert. Obgleich sich die beiden Frauen ganz gut verstanden, wollte sie das Risiko eines unpassenden Besuchs nicht eingehen.
Sie wartete einfach auf einen Anruf von Klaus, bis er sie zu sich einlud. Das passierte dann auch im Frühjahr 2007. Wie schön war es für sie zu sehen, dass Klaus immer noch, wo immer es ging, das schöne Motto drauf hatte: Keine Hektik! So konnten die beiden alle die heiklen Themen über Brigittes Tod und über ihr eigenes Verhältnis zueinander in Ruhe ansprechen. Mal mehr und mal weniger.
Klaus besuchte auch Hanni im Sommer 2007 in Wiesbaden und staunte über ihre geschmackvolle Wohnung.
Sie unterrichteten sich gegenseitig über das, was sie in den letzten Monaten und Jahren gemacht hatten und was sie dazu dachten.
Für beide gab es da viel Neues zur Kenntnis zu nehmen - und viel übereinstimmende Meinungen auszutauschen.

Klaus erzählte ihr, warum er seine neue Pariser Stelle wieder aufgegeben hatte. Und weil sie das auch richtig fand, fühlte er sich angenehm bestätigt.
Von seinem Arbeitgeber gab es ja kein Lob und Verständnis. Umso mehr fühlte er sich gut verstanden von ihr. So etwas ging ihm wie Balsam für die Seele runter. Neu war für Hanni auch, dass Klaus angefangen hatte, seine Memoiren zu schreiben. Im Laufe der Monate hatte sie Teile davon zu lesen bekommen. Sie war platt, was da alles drin stand. Spontan fragte sie ihn, ob er das wirklich so veröffentlichen wolle. Natürlich nicht. Das war ein persönliches Manuskript über wahre Abläufe und mehr als Gedächtnisstütze für ihn selbst gedacht. Wenn man aus so etwas veröffentlichbare Memoiren machen will, dann muss man viele Stellen umschreiben. Allein das Datenschutzgesetz bindet einem da die Hände schon ganz gewaltig. Und unangenehme Prozesse will sich doch wohl keiner unnötig an den Hals hängen.
Umgekehrt staunte Klaus nicht schlecht über die Bilder, die Hanni gemalt hatte.
Die ersten waren noch etwas linkisch ausgefallen. Da konnte man leicht erkennen, dass die kein Profi gemalt hatte. Aber die letzten sahen wirklich toll aus. Sie hatte bestimmte Stimmungen im Licht an verschiedenen Tageszeiten wunderschön eingefangen. Klaus erinnerte sich sofort dabei wieder an die Zeit, in der er vor vielen Jahren Hanni kennen gelernt hatte. Da hatten sie auch in Hannover zusam-

men das unterschiedliche Sonnenlicht und die Bäume beobachtet.
„Ja und dann mache ich noch etwas anderes. Auch was Kreatives. Du wirst staunen“, kam Hanni eines Abends heraus. Sie zeigte ihm ein paar Kleider, die recht hübsch aussahen. Nein, hübsch ist zu wenig. Sie sahen eigentlich sehr schön aus. „Und was ist daran Besonderes?“, wollte Klaus wissen.
„Die habe ich entworfen, gezeichnet, weißt du.“ Klaus staunte wirklich nicht schlecht. Die Sache kam so: Unten im Haus war eine kleine Änderungsschneiderei untergebracht, die zwei Türkinnen betrieben. Hanni hatte vor kurzem dort auch etwas ändern lassen und kam mit den beiden ins Gespräch. Dabei bedauerten sie, dass sie u.a. so schöne Stoffe hätten, die man zu wunderschönen Kleidern verarbeiten könnte, aber ihnen fehle jemand, der ihnen zeigt, was sie nähen sollen. Das Nähen selbst wäre für sie kein Problem, aber ihnen fehlen die Entwürfe. Darauf hatte Hanni, übrigens das erste Mal in ihrem Leben, so einen Entwurf aufs Papier gemalt und die beiden haben daraus tatsächlich ein Kleid gezaubert. Und das haben sie nun inzwischen mehrfach gemacht und allmählich auch etwas perfektioniert.
„Sag selbst, sieht doch toll aus, oder?“, freute sich Hanni über ihre Produkte. „Wir wollen übrigens, wenn es ein paar mehr geworden sind, auch einmal eine kleine Modenschau veranstalten. Dazu musst du unbedingt kommen!“

„Und was machen eigentlich deine Kinder Sven und Markus?“, wollte Hanni wissen. Sie erfuhr, dass Sven inzwischen Chirurg in Hamburg ist und Markus als Kinderarzt in Freiberg in Sachsen sein Geld verdient. Beide sind verheiratet und erwarten gerade Nachwuchs. Ich würde lügen, wenn ich das nicht toll finden würde. Nein, darüber bin ich schon sehr zufrieden, Gott sei Dank.“

„Und was machen Rosi und John?“, wollte nun Klaus wissen.

„Rosi und John sind nach wie vor zusammen und ich glaube auch glücklich. Ein Jahr war John in Malaysia in der Deutschen Botschaft; Rosi war mit dem Kind dabei. Ein weiteres Jahr war er in der Deutschen Botschaft in Südkorea. Dort bekam Rosi ihr zweites Kind. Später ist er dann in der chemischen Industrie in den Vorstand für den Bereich Ostasien gekommen. Das scheint für ihn sein Traumjob zu sein. Inzwischen haben es die beiden auf vier Kinder gebracht. Das stell dir mal vor! Die wollten übrigens gerade wieder umziehen. Aber frage mich bitte nicht wohin. Das erfahre ich sicher erst, wenn alles herum ist, vielleicht zu Weihnachten!“

x x x

Bei einem späteren Treffen teilte Klaus Hanni mit, dass er wieder nach Deutschland kommen wird, und zwar wieder nach Mainz. „Ich muss nur noch wissen, ob du zu mir ziehst, weil ich danach die Wohnung mit dir zusammen planen möchte.“

Und da waren sie wieder seit vielen Jahren das erste Mal, die Schmetterlinge im Bauch. Aber Hanni lächelte Klaus nur ganz lieb an und hauchte einfach ihr „Ja."
Mit den Schmetterlingen im Bauch fühlte sie sich richtig wohl. Wer täte das nicht?
Und wenn sie nicht gestorben sind, dann leben sie noch heute in Mainz.

x x x

Das Leben schlägt
bisweilen Haken.
Das musst du ertragen,
wenn's geht, ohne Quaken!

Für freundliche Text-Durchsicht und -Korrekturen bedanke ich mich bei Eleonore Wittstock und Klaus Wittstock.

Autorenwunsch

Macht dieses Buch Ihnen kleine Freuden,
erzähl'n Sie es ruhig auch anderen Leuten.
Finden Sie es aber fürchterlich,
in dem Fall behalten Sie's lieber für sich.

Ihr Werner Kurze